紋田 允宏

青年M

鳥影社

青年M

青年M

鎌倉の材木座海岸にあった社宅から東京の田園調布の社宅に引っ越して来たのは、門馬凜治郎が中学三年生の夏休みだった。

凜治郎は引っ越したくなかった。高校進学のことを考えると、三年の二学期に中学校を転校するのは内申書で条件が悪くなると言われていたからだ。

現役で東大受験に失敗して鎌倉からお茶の水・駿河台の予備校に通っていた六つ年上の兄の東大入学を父は、最優先に考えていた。

凜治郎は中学校の成績もトップクラスで、県立の湘南高校を受験しようと思っていた。

凜治郎は鎌倉に下宿して湘南高校に通いたいと願ったが、父は兄を東大に合格させることで頭が一杯で、次男の凛治郎の高校進学についてはまったく気にかけようとしなかった。

転校した田園調布の中学校で、三年の二学期の初めに受験する高校を決めるときのことだった。凛治郎は学区内で評価の高い一流校を受験したいと希望した。

しかし、担任の教師から
「内申書の評価があまりよくないので、難しいと思う。ランクが一つ下の高校に志望を変えるほうが得策だと思う」

と言われた。

その日の夕方、担任の教師が突然自宅を訪ねて来て、凛治郎の両親に
「教頭に挨拶に行っていただければ、なんとか志望の高校を受験できるように内申書の便宜を取り図りたいと思います」

と口ごもりながら話した。

その話を聞いた途端、放送局の部長をしていた父親が顔色を変えて怒りだした。

「教頭に挨拶に行くとは、どういうことですか？　教頭に金品を持って行けということ

とですか？」

担任の教師は、

「えー、つまりその……」

とボソボソと返事していた。

父親は
「うちの息子をそんなことをしてまで一流校を受験させようとは思わない。お帰りください！」

と声を荒げて追い返してしまった。

そんなことがあって、凛治郎は東京港区にある二流の都立高校に通うことになった。昭和二十九年九月半ば、夏休みが終わって一年生の二学期が始まったばかりのときだった。

凛治郎は、高校に入学してすぐに器械体操部に入った。運動は得意なほうではなかった。

放課後に体育館で鉄棒や吊り輪で練習する部員たちの筋骨隆々の体に見惚れている

うちに、器械体操部の上級生から
「君もやってみないか？」と声をかけられて、凛治郎は入部してしまった。

それでも、指導力のある先輩がいたためか、放課後の練習は一度も休まなかった。

高校のグラウンドの端には砂場があった。砂場に沿って高さが違う鉄棒が三基立っていた。一番高い鉄棒は二メートル余りあった。

二学期が始まって間もない日の昼休み、凛治郎は一番高い鉄棒に逆上がりして腰を掛け、グラウンドの様子を見物していた。

グラウンドでは、生徒たちがソフトボールやバレーボールを楽しんでいた。

凛治郎は人づきあいの悪いほうではなかったが、その日はなんとなくひとりになりたくて鉄棒で遊んでいた。

器械体操部の先輩が高い鉄棒に腰掛けている凛治郎を見つけて、

「門馬！　なに危ないことを、やっているんだ！　器械体操部でそんなことを教えた覚えはないぞ、すぐ降りろ！」

と怒鳴ったその時だった。

凛治郎はバランスを崩して鉄棒から落下し、砂場の太い木枠に後頭部をぶつけた。凛治郎はそのまま気を失ってしまった。気がついたときは、医務室のベッドだった。器械体操部の先輩が、医務室まで運んでくれたらしい。医務室の人の話では、五分ほど気を失っていたということだ。後頭部に大きな瘤ができていたが、出血はしていなかった。

後頭部には鈍痛があった。凛治郎はその日、午後の最後の授業が終わるまで医務室のベッドで休んでから帰宅した。

自宅へ帰る電車に乗っているときも後頭部の鈍痛が続いていたが、耐えられないほどの痛さではなかった。凛治郎は、たいしたことはないだろうと思っていた。

凛治郎は家に帰って母に、

「お母さん！　学校で昼休みに鉄棒から落ちちゃった。砂場の木枠で後頭部を打って気を失ったんだよ。先輩が医務室まで運んでくれて、すぐに気はついたらしい。たいしたことはなかったので医務室で休んでから帰って来た。それでも後頭部に鈍痛があるのがちょっと気になるんだよ……」

と話した。

母は顔色を変えて後頭部にできた瘤を触りながら、すぐに
「明日は学校を休んで、専門の病院で診てもらいましょう」

と言いながら、東京女子医大で心臓外科医をしている叔母に電話していた。

翌日、凛治郎は電話で学校に欠席の連絡をし、母に連れられて新宿区にある女子医大に叔母を訪ねた。

診察は、半日がかりだった。脳のレントゲン写真を撮られたり、脊髄に大きな注射針を差し込まれて脊髄液を取られたり、眼底検査を受けたりした。

診断の結果は、後頭部に大きな瘤ができていたものの、頭の骨は折れていないし脳内出血もしていないということだった。

後頭部の鈍痛は続いていたが、この日の診断では頭痛の原因は判らなかった。

結局、しばらく様子をみて頭痛が続くようなら、もう一度女子医大で診察を受けることになった。

帰りの電車の中で、母は心配そうに凛治郎を見ていたが、凛治郎はほとんど口をき

かなかった。後頭部の頭痛が続いていて、話をする気になれなかった。

凛治郎は後頭部の頭痛が治るまで二〜三日学校を休むことにして、担任の先生に電話で連絡した。

もともと口数の多くなかった凛治郎だが、以前よりもますます言葉少なになっていた。

母が心配して、女子医大病院よりも東大病院で診てもらおうということになった。

母は、

「大学の病院は、紹介者がいるといないでは対応が大違いらしいよ」

と言いながら、あちこちの心当たりに電話していた。

ようやく理化学研究所に勤務している叔父の紹介で、一週間後に本郷の東大病院で診察してもらえることになった。

東大病院でも、脳外科で頭のX線撮影などの精密検査を受けたあと神経内科に回された。

専門医から鉄棒から落ちて後頭部を打ったあとの頭痛の状況について、事細かに聞かれた。

　凛治郎は、ありのままに答えた。それでも質問する専門医の目が、凛治郎を疑ってかかっているように感じられた。

　一時間余り診察してから神経内科の専門医は、

「脳外科の診断でも異常はないということだし、私の診断でも特段の異常は認められません。精神安定剤を処方しときますので、しばらくすれば頭痛はなくなると思います」

と母に話していた。

　病院の薬局で順番を待っている間も、頭痛は続いていた。母は凛治郎の様子を気にしているようだった。

　その日の夜、勤め先から帰って来た父に、母は東大病院の専門医から言われたことを伝えていた。

　母は父に、

「東大病院の先生は、精神安定剤を処方してくれたけど、凛治郎は神経衰弱ということなのかしら？」

と話しながら不安そうにしていた。

母はさらに、

「どこか民間の病院で、もう一度診てもらったらどうかしら？　いい先生のいるところはないかしら？　凛治郎の頭痛が神経衰弱のためとは思えないけど……」

と父に話していた。

晩酌の杯を口に運びながら黙って話を聞いていた父は、

「わかった。勤め先に病院に顔のきく人がいるから、明日、早速話してみるよ」

と言って困惑したような顔をしていた。

父はそばにいた凛治郎に、

「頭痛はずうっと続いているのか？」

と確かめるように聞いた。

凛治郎は、黙って頷いていた。

数日後、赤坂の有名な病院で院長先生の診察を受けることになった。院長先生は、恰幅がよく貫禄十分で信頼感があった。

院長先生は東大病院の診断書に目を通してから、凛治郎に鉄棒から落下して砂場の木枠に後頭部をぶつけたあと、続いている頭痛の状況を改めて詳しく説明するように求めた。

凛治郎は説明しながら、時折、院長先生の鋭い視線を感じていた。院長先生の目は、凛治郎からなにかを探り出そうといるようだった。

診察は、一時間を超えていたと思う。院長先生はカルテを見ながら母と凛治郎に向って、

「東大病院の診断書の通り、頭に異常はないと思う。神経症、言い換えればノイローゼだと思う。東大病院でもらった精神安定剤を引き続き飲んでください」

と言って、そのまま他の患者のカルテに眼を移していた。

前田病院からの帰りの電車でも、凛治郎は母と話す気になれなかった。

その日、酒のつき合いでいつもは帰りの遅い父が早く帰って来た。玄関を入るなり父は母に

「どうだった？」と聞いていた。

母は父が和服に着替えるのを手伝いながら、

「院長先生の見立てでも、凛治郎はやはりノイローゼらしいのよ。困ったわねー」

と言って憂鬱そうな顔をしていた。

「大学は東大でなくては駄目だ！」

というのが口癖だった父は、

「そうか」とだけ言って渋い表情で着物に着替えていた。母は黙って父の夕食の用意をしていた。

この年の春、一年浪人して東京大学の理科二類に入学した兄は、両親の自慢の息子だった。

その兄は凛治郎を見下すように見て、

「しょうがないなー」とつぶやきながら、自分の部屋に入ってしまった。

八つ年下の小学生の弟は、居間の隅で漫画を読んでいた。家の中の空気は重苦しかった。

凛治郎の頭痛は治らなかった。凛治郎が通っていた高校は、渋谷から都電に乗って霞町で降り徒歩で十分ほどのところにあった。頭痛のために授業に集中するのは、容易ではなかった。

先生の講義を聴きながら教科書を見ていると、後頭部に鈍痛が起きた。苦手な数学の時間のときには、先生が黒板にチョークで書き出した数式が頭の中をぐるぐる回り出して頭が締めつけられるように感じた。

それでも、なんとか辛抱して高校には通い続けた。頭の痛みが続いて憂鬱な気分が、日に日に増していった。凛治郎は、ますます口数が少なくなっていった。高校を休みたかった。

親戚の女の子からは、

「凛治郎さんは、いつも部屋の隅っこに黙って座っていてタンスみたいね」とひやかされたりした。

父からは、

「専門医の先生が頭痛は神経症のせいだと診断しているのだから、頭痛のことは気にしないように。だが高校だけは休んではいけない」

と厳しく言われた。

父はさらに

「そんなことでは、東大には入れないぞ。わしも兄さんも東大なんだから、お前もがんばれ！」

とつけ加えた。父の言葉に、凛治郎の頭痛はひときわ激しくなった。

父は、凛治郎に碁盤と碁石を買ってくれた。父なりに凛治郎を気分転換させて、頭痛を治そうと思っているようだった。

なんとか頭痛を辛抱して授業を聞き、中間試験や期末試験も受けた。試験の成績はよかったらしく、凛治郎は二年生に進級した。

まだ花冷えのする日だった。凛治郎は頭痛を追い払おうと水風呂に入った。

三十分ほど冷たいのを我慢して水風呂に浸かっていた。母が風呂場を覗いて、

「なにをしているの？」

と甲高い声を上げた。

凛治郎が
「頭痛を治そうと思って……」

と答えると、母は表情を曇らせながら
「そう……」

と言っただけで水風呂をやめさせようとはしなかった。

水風呂に入ってから数日後、凛治郎は風邪をひいてこじらせてしまった。母には
「水風呂なんかに入るからよ！」

と小言を言われた。

明け方に寝汗がひどかったので熱を測ってみると、三十九度を超えていた。体の節々がだるくて、立ち上がれなかった。

かかりつけの医師に往診してもらった。気管支肺炎という診断だった。

医師は母に

「十日ほど高校を休んで、安静にしてください。あとで薬を取りに来てください」

と言い残して帰った。高校には、母が電話で欠席届をしてくれた。

凛治郎はそれまで使っていた三畳間から、離れの六畳間で寝ることになった。頭痛に加えて発熱が続き、なんともいえない不安を感じていた。

氷枕の氷を入れ替えにきた母が
「なにか悩みごとがあるんじゃないの？」

と言いながら凛治郎の目をじっと見つめていた。

凛治郎は、

「別に……ないよ」と返事したが、

――専門医の診断どおり、自分はほんとうに神経症なのかもしれない。これから先、自分はどうなるのだろうか？と不安を感じていた。

二週間ほど経って体調が回復したので、高等学校に出かけた。気管支肺炎は治ったものの、頭痛は続いていた。

同級生は、凛治郎が休んでいた二週間の授業のノートを見せてくれた。凛治郎は、授業になんとかついていこうと、先生の講義と教科書に集中しようとした。

凛治郎が頭痛を吹っ切ろうと頭を何度も左右に振っていると同級生が
「門馬君、何をやっているの？　頭が痛いの？」と訝《いぶか》しがった。

六時間目の授業が終わる頃には陰鬱さに疲れ切っていた。鉄棒から落下したあと、器械体操部はやめていた。

放課後も友人とつき合うことはせず、凛治郎はさっさと家に帰った。


春先に気管支肺炎になったあと、凛治郎は梅雨時、秋の初め、冬の初めと終わりの季節の変わり目に気管支肺炎に罹った。

欠席の日数が限度を超えたため、三年への進級を決める職員会議で凛治郎の扱いが問題になった。

「二年に留年さすべきだ」と主張した先生もかなりいたということだが、模擬試験や期末試験の成績がよかったため、担任の先生が弁護してくれて凛治郎はなんとか三年に進級することができた。

三年になっても頭痛は続き、二年のときと同じように高校を休みがちだった。高校を休んだときでも、凜治郎は頭痛を辛抱して教科書は必死に勉強していた。学期の中間にある模擬試験もよくできた。

教科書のほかに、夏目漱石や森鷗外それに小林秀雄などの全集は何回も読み返していた。

頭痛は続いていた。凜治郎には思い上がりかもしれないが自信があった。

凜治郎は母に

「高校を卒業しなくても、大学入試検定を受ければ合格できると思う。高校を退学したい」

と訴えたが、

母には

「高等学校だけは卒業してちょうだい！」

ときっぱり撥《は》ねつけられてしまった。凜治郎は、母にはそれ以上抵抗できなかった。

三年生になると、教室の雰囲気が変わった。同級生は大学受験に向けて真剣だった。

頭痛に悩まされていた凛治郎は、大学受験のことは二の次だった。

それでも、父にことあるごとに
「早く体調を治して東大を目指せ！　東大以外は大学とは言えない！」

と言われて、
凛治郎は
「自分も東大を受けなければならない」

と思い込んでいた。

受験雑誌が主催する全国模擬試験でも、成績上位者の中に名前を連ねることもあった。

しかし、高校を休みがちで満足に授業を受けていない悲しさで数学の点数が悪く、東大はとても無理という成績のときもあった。

同級生たちは自分の受験のことで精一杯のためか、凛治郎が頭痛をふり払おうと授業中に頭を左右に振っていることにも無関心だった。

頭痛は、だんだんひどくなり頭を締めつけられるように感じることが多くなった。

ひどくなる頭痛に加えてたびたび気管支肺炎に罹り、高校に通えないことが二年のときよりも多くなった。

三学期を無事終えるまで、高校に通い続けられる状況ではなくなっていた。

晩秋のある日、凜治郎は夕食のあとで父と母に、

「高校を休学したい」

と申し出た。

父と母は予期していたような諦めた表情で、

「分かった。体調を治してやり直すんだね」

と短く言ったきりだった。

東大生の兄は、苦々しい表情をして黙っていた。冷え冷えとした雰囲気だった。

家族との会話がなくなっていた。居間の百ワットの電球が暗く感じられた。庭の樫の木が夜の空に向かって黒々と立っていた。

凜治郎は、いたたまれなかった。夜も、なかなか寝つかれない日が続いた。どこかで、ひとりになりたいと思った。

北鎌倉にある臨済宗の大本山円覚寺の朝比奈宗源管長を紹介する記事が新聞に載っていたのを思い出した。

凛治郎はすがる思いで、朝比奈管長に長い手紙を書いた。

「高校一年のとき、鉄棒から落下して後頭部を打ったのがきっかけで、それ以来、頭痛が続き三年生になった今は休学している。専門医に診断してもらい薬ももらったが、治らない。なんとか頭痛を治したいので参禅させてほしい」

という内容だった。

凛治郎は返事を待って毎日何度も、自宅のポストを覗いていた。一週間経っても、返事は来なかった。

二通目の手紙を朝比奈宗源管長に書いた。こんども、返事は来なかった。すがる人は朝比奈宗源管長しかいないと、凛治郎は思い込んでいた。三通目の手紙を書いた。返事は来なかった。

凛治郎は、必死だった。四通目の手紙を書いた。やはり、返事は来なかった。来る日も来る日も、頭痛が続いた。

凛治郎は頭痛を治したい一心で、禅寺の高僧のご迷惑を考えるゆとりはなかった。ほかに手立てを思いつかない凛治郎は、五度目の手紙を書いた。毎日、郵便配達人の自転車の音がするたびに、小走りでポストを見に行った。

五度目の手紙を出して十日後、朝比奈宗源管長から封書が届いた。筆で書かれた肉太の字だった。信頼感の持てる字だった。

手紙は、

「参禅を許す。境内に在家の者が寝起きして修行する居士林《こじりん》というところがある。その居士林の指導に続灯庵の須原耕雲住職が当っている。話を通しておくから訪ねるように」

という文面だった。

師走の初め、北風が吹いて冷え冷えとする日だった。凛治郎は、その日の夜、父と母に、

「北鎌倉の円覚寺の管長さんに参禅を許されたので、しばらく行かせてほしい」

と打ち明けた。父と母は、諦めたような感じで承諾してくれた。

凛治郎はあくる日の朝早く、母からもらった当座の金とわずかな着替えを持って、横須賀線の北鎌倉駅のすぐ近くにある円覚寺に向かった。

北鎌倉駅の改札口を出てから一分ほど歩くと、左手に杉木立に囲まれた石段がある。石段を上って境内に入ると広場があって、さらに石段を上ったところに山門が聳え立っている。境内には、ほとんど人影がなく静まりかえっていた。

曇り空の上、幹が太く背が高い杉木立が鬱蒼としているせいか、昼前だというのに夕暮れのように感じられた。

凛治郎は、山門を見上げたまましばらく立ち止まっていた。山門が厳しく見下ろしているような気がして、凛治郎は気後れがした。

頭痛を治したい一心で見ず知らずの円覚寺の管長さんに直訴したものの、いざとなってみると場違いな所へ来てしまったような気がしたのだ。

凛治郎は、気持ちを奮い立たせて山門をくぐり、境内の奥の方に向かって歩き出した。

円覚寺の境内には、塔頭《たっちゅう》といわれる寺が十数か寺ある。管長さんの手紙にあった続灯庵は、いちばん奥にある塔頭だった。

居士林という立て札のある建物を通り過ぎ、仏殿の横を通り抜けてしばらく行くと、左手に静まりかえった池がある。亀が水面から首だけ出してじっとしていた。池の横を過ぎて石段を上りすぐ左に曲がると、国宝の舎利殿や雲水が座禅修行をする僧堂がある。

凛治郎は舎利殿を横に見ながら、石段から真っ直ぐに続いているゆるやかな坂を上って行った。

行き交う人は、一人もいなかった。鬱蒼とした木立の中を、冬の冷たい風が吹き過ぎて行った。

高校生の凛治郎にとって、禅寺の高僧というとまったく別世界の人のように思えて、緊張しているせいか、頭痛のことは忘れていた。

坂の中ほどに、開基北条時宗の廟と書かれた塔頭があり、さらに奥へ進んで坂を上りきると、左に曲がった道の奥に、裏山を背にした塔頭がある。管長さんから訪ねるように言われた続灯庵だ。

凛治郎には山門からの道のりが、途方もなく遠く感じられた。動悸が止まらない。

小さな門をくぐると、裏山の切り立った崖に押しつぶされそうに見える古びた本堂があった。

玄関で、「お願いします」「お願いします」と二度繰り返したところ、奥から住職が出て来られた。小柄で痩せていて細面の住職は、眼鏡の奥からの視線が鋭かった。

背筋がすっきりと伸びていて、顎を引いた口元が引き締まっていた。声には温かな響きがあった。口数は少なく墨染めの僧衣がよく似合っていた。

「管長さんのお許しを得て、参禅させていただくことになりました。管長さんからご住職を訪ねるように言われましたので、お伺いしました。何も分かりませんのでよろしくお願いします」

凛治郎が恐る恐る挨拶すると、住職は
「話は聞いています。ついて来なさい」

と短く言うと、白い鼻緒の草履《ぞうり》を突っ掛けて足早に歩き出した。

住職は、凛治郎が上って来た道を逆に山門の方に下っていた。住職は居士林という立て札のところで、凛治郎の方を振り返って話し出した。

「居士林は、禅を志す在家のための座禅道場です。東京の牛込にあった柳生流の剣道場を昭和三年に移築したのです。君は、今日からここで寝起きしてください。先輩の谷口さんが教えてくれます」というと、藁葺《わらぶ》き屋根の門をくぐり谷口さんを呼び出した。

住職は谷口さんに、

「高校三年生の門馬凛治郎君です。面倒をみてやってください」

とだけ言って、来た道を足早に戻って行った。

小柄で五十歳前後に見える谷口さんは、よれよれの袴姿で冬だというのに素足だった。時代劇に登場する素浪人みたいだった。訥々《とつとつ》とした話し方に人柄の温かさが感じられた。ドキドキしていた凛治郎は、少しだけ落ちつきを取り戻していた。

谷口さんは、朝起きてから夜寝るまでの生活や守らなければならない禅寺の作法を丁寧に説明してくれた。

居士林の中は、外から見た感じより広かった。玄関の板の間の左側が座禅道場になっていた。

座禅道場の板の間は、五十畳から六十畳ほどの広さがあった。東側と西側の窓に沿って、畳が縦に敷かれている。

畳一畳が座禅をして寝る場所であった。畳は片側およそ十五畳ずつ、合わせて三十畳余りあった。

道場の正面には、黒光りのする仏像が安置されている。道場の中がうす暗いためか仏像の顔ははっきり見えなかったが、顔が見えないだけに一層威厳があるように思われた。

居士林には、谷口さんのほかに五人の先輩がいた。四十歳ぐらいに見える富山の農家の人、会社勤めを辞めた三十代の人、二十代と見受けられる生け花の家元関係の人と無職の人、それに大学四年生の五人だった。

谷口さんが凛治郎を紹介してくれたが、五人ともちょっと頷いただけで硬い表情を崩さなかった。

凛治郎は来てはいけないところに来てしまったように思えて怖じ気づいたが、逃げ出すわけにはいかなかった。

その日は、師走の三日だった。谷口さんは、

「今日は、ゆっくりしてくださいね。明日から七日までの四日間は居士林で、まず座禅の仕方を覚えてほしい。八日から十五日までの八日間、僧堂で蝋八大接心《ろうはつおおぜっしん》という一年のうちで最も厳しい修行が行われる。

居士林からも全員が参加するので、気持ちの用意をしておくように！　耐え切れなくなって逃げ出す人もいるから！」

と低い声で言った。

凛治郎には座禅し寝起きする場所として、道場東側の端の畳一畳を与えてくれた。

昼食を取っていなかったけれど、空腹は感じなかった。頭痛も気になるほどではなかった。

どうしていいのかわからないので、凛治郎は与えられた畳一畳の端に畏まって座っていた。

夕方になっても、道場には灯りがつかなかった。黒光りのしていた仏像は、夕闇の中ではほとんど見えなかった。ただ、暗がりの中で仏像らしいものが周りより黒く見

えるのは不気味だった。

怖いので仏像の方を見ないようにするのだが、怖いものに引き寄せられるように凛治郎はついつい仏像の方に眼を向けていた。

一時間ほどして谷口さんが現れ、道場の電灯のスイッチを入れてくれた。谷口さんは、凛治郎に先輩と一緒に夕食を取るように告げた。

食事をとる部屋は、玄関をはさんで座禅道場の反対側にある板の間だった。

「禅寺では、夕食のことを薬石という」

と谷口さんが説明してくれた。

先輩の方たちは、幅が三十センチほど、長さ二メートル足らずの板の四隅に足をつけただけの食卓に正座して凛治郎を待っていた。食卓に並んでいたのは、雑炊と沢庵だけだった。

凛治郎が末席に座ると、食事前の作法として皆が一緒に食事五観文というものを読み上げた。

食事五観文というのは、食事をとるときの心構えや食事をとる意味を五項目にわたって説いたもので、先輩の人たちは全員が諳《そらん》じていた。

凛治郎は、体を硬くして正座していた。谷口さんは、凛治郎に食事五観文のほかに般若心経などが載っている小冊子をくれた。

小冊子の表紙には、修養聖典と書かれていた。谷口さんは凛治郎に、できるだけ早く覚えるように言った。食事五観文の唱和が終わると、食事が始まった。全員が無言だった。

凛治郎が雑炊を啜る音をたてたとき、

「音をたてるな！」

と谷口さんの鋭い声が飛んできた。

雑炊はなんとか音をたてないようにできたが、音をたてずに沢庵を食べるのは大変で凛治郎はただ飲み込んでいた。味はまったくしなかった。

雑炊を食べ終わると、番茶の入った薬缶が一人ひとりの手渡しで回ってくる。雑炊の入っていたお椀に番茶をついでから、箸でお椀についている雑炊の残りをきれいに落として番茶と一緒に飲み込む。

禅宗の寺では、食事で出されたものを残してはいけないということだ。およそ十分間の食事が終わると、凛治郎は食事当番の先輩を手伝って、あと片づけをするように言われた。

食事をする板の間から外に出たところが、炊事場だった。土間に屋根がついているだけで、薪をつかう竈《かまど》に流しがあるだけだった。竈のすぐそばには、五右衛門風呂があった。

冬の夜風にさらされた炊事場でのあと片づけは、水が痛いほど冷たかった。食事当番の先輩は、会社勤めを辞めて座禅の修行を続けている人だった。

凛治郎はその先輩から

「居士林では交代で炊事当番をする。君にも当番が回ってくるから、当分は手伝いを続けて手順を覚えるように」

と言われた。

凛治郎とは目を合わさず、額のあたりを見ながら話をする人だった。

夕食のあとしばらくしてから、道場で夜の座禅が行われる。凛治郎は谷口さんから座禅の足の組み方や呼吸の仕方を教わった。座禅には、数息観《すそくかん》という呼吸を整える方法がある。

ひとーつ、ふたーつ、みぃーつと、ゆっくり数を数えながら丹田で腹式呼吸を繰り返し、とぉーまで数えたら、また、ひとーつ、ふたーつ、みぃーつと、ゆっくり繰り返していく。

凜治郎も座禅に加わった。座禅は一本の線香が燃え尽きる時間のおよそ三十分を単位にしている。

凜治郎は座禅をしてみて、

「三十分がこんなに長く感じられるものなのか！」

と思い知らされた。

両足の甲を太腿に重ねる正式な結跏趺坐《けっかふざ》はできないので、片足の甲を太腿に重ねる略式の半跏趺坐《はんかふざ》で凜治郎は座っていた。

それでも線香が半分ほど燃えたころになると、足が痺れて耐えきれなくなってくる。

さらに痺れがひどくなってくると、感覚がなくなって気持ちが悪くなり吐きそうになってくる。

ついつい線香の残りばかり気にしていると、

「よそ見をするな！　気持ちを集中しろ！」

と谷口さんの声が飛んで来る。

およそ三十分の座禅が終わると五分間の休憩があり、その場で足を伸ばしたり揉んだりする。

休憩のあと、また三十分の座禅をする。夜の座禅は二回で終わった。

座禅が終わると洗面所で歯を磨いて道場に戻り割り当てられた畳一畳で、敷布団と薄い掛け布団一枚で寝る。午後九時頃だった。

暖房のない冬の禅寺は、寒い。凛治郎は、服を脱がないで膝を抱え込むようにして寒さを凌いでいた。

その日は、凛治郎の十七年の人生で最も長い一日だった。凛治郎は、寝つけなかった。先輩たちの中には鼾をかいている人もいた。

昼間は曇っていたけれど夜になって晴れたのか、ガラス窓越しに冬空が見えた。冷たく澄んだ夜空に星々が輝いていた。

凜治郎は、眠れないまま星を眺めていた。どういうわけか、頭痛はあまり感じなくなっていた。凜治郎はちょっとまどろんだだけで、ほとんど眠らなかったように思う。

「門馬君！　起きろ！」

と言われて、凜治郎はとび起きた。谷口さんだった。午前五時、窓の外はまだ真っ暗だった。

着のみ着のままで寝ているのだから身辺の片づけは、自分の居場所である畳一畳の窓際に布団をたたんでおくだけだった。

顔を洗ったあと最初にやることは、居士林の道場の雑巾がけと円覚寺の境内の掃き掃除だった。

初冬のまだ日が昇る前に、素足に下駄ばきで境内を竹箒で掃いて回るのは、足が凍えるように冷たかった。

一時間ほどして東の空が白みかけてきた頃、凜治郎は炊事当番の先輩と粥座《しゅくざ》といわれる朝食の支度にとりかかった。先輩が釜でお米をといでから竈にかけ、凜治郎が薪でたきつけた。

夕食と同じように食事五観文を皆で唱和してから、お椀に半分ほど盛られたお粥を食べた。梅干しが一つ添えられていた。

音をたてずにお粥を食べるのも、難しかった。食べ終わると、炊事当番の先輩と凛治郎があと片づけした。しばらく休憩したあと、道場での座禅が始まる。


居士林での生活が四日間続いたあと、五日目の午前三時、凛治郎は周りの物音で目が覚めた。この日から、僧堂での蝋八大接心と言う厳しい修行に参加するように言われていた。

外は真っ暗だった。着のみ着のままの凛治郎は、すぐに布団をたたんでから道場の雑巾がけと境内の掃き掃除にとりかかった。谷口さんから、四十分以内に済ませるように言いつけられた。

掃除が終わると谷口さんを先頭に、夜明け前の境内を七人が一列に並んで、僧堂に向かった。誰も口をきかない。

僧堂は居士林から歩いて十分足らずのところにある。国宝の舎利殿のすぐ隣だった。凛治郎たちが僧堂に入ると、二十五人ほどの雲水が座禅を始めていた。

僧堂は居士林の道場と違い、座禅する場所は石畳の土間から七十センチほどの高さのところに、通路を隔てて三列に畳が敷いてある。

雲水たちは、両側の窓を背にして座っている。谷口さんら居士林の七人の坐る場所は通路と通路の間の仮設の座だった。

僧堂の座禅修行は、居士林での座禅よりはるかに厳しかった。凛治郎たち七人にはかなり手加減しているようだったが、雲水には容赦なかった。

夜遅くの座禅のときだった。夜明け前から座禅を繰り返していると、猛烈に眠くなってくる。

雲水の一人が居眠りをして舟を漕ぎ始めたところ、長い篦《へら》の棒のような警策《けいさく》を持って石畳の通路を巡回していた指導役の雲水が、いきなり居眠りしていた雲水の襟元をつかんで石畳の土間に叩きつけた。

ゴツンという鈍い音が深夜の僧堂に響き渡った。あるときは、樫の木で作った警策の棒が雲水の背中を打ちつけたはずみで折れてしまった。

凜治郎は、足が痺れて感覚がなくなってしまうし睡魔も襲ってきて、僧堂から逃げ出したい気持ちだった。それでも、座禅修行の辛さのあまりなのか、頭痛はあまり感じなくなっていた。

あるとき、居士林で寝起きしている七人が朝比奈宗源管長との禅問答をするように指示された。凜治郎も七番目に、管長の部屋に恐る恐る出向いた。

谷口さんに教わった通りに円覚寺の作法に従って管長への丁重な挨拶を済ませると、早速朝比奈管長から
「無とは何ぞや?」

と、重々しい声で問い掛けられた。

凜治郎がなんと答えていいか判らず口籠っていると、管長は
「よろしい。じっくりと考えてみなさい!」

と言って退出を促した。

凜治郎は訳が判らないまま途方にくれたが、神妙に僧堂に戻り座禅を続けた。

毎日午前四時に僧堂に行って座禅を繰り返し、朝・昼・夜の食事のときと寝るときは居士林に戻るという生活が八日間続いた。

凛治郎にとっては、頭痛に悩まされるより座禅の苦しさに耐えている方がましだった。

八日間の蝋八大接心が終わると、雲水たちは托鉢に出かける。凛治郎は二度目の三年生の新学期が始まるまで、居士林での生活を続けようと思っていた。凛治郎は、座禅修行の疲れもあって居士林で一日中ぼんやりしていた。

墨染めの衣を冬の風に翻しながら縦一列になって托鉢に出かける雲水たちが、杉木立の間を通り抜け山門をくぐり石段を下りる姿を凛治郎は放心したように眺めていた。たしかに、座禅修行をきっかけにして頭痛はあまり気にならなくなっていたが、心の底からは、すっきりとした気持ちになれなかった。

居士林での生活を二月末まで続けているうちに、塩気の多い梅干しや漬物が主な副食という食事のせいか、凛治郎は体調を崩してしまい、居士林での生活を続けられなくなってしまった。

凛治郎は、お世話になった続灯庵の須原耕雲住職に訳を話して三か月ぶりに東京の自宅に帰った。

田園調布駅に近い病院で診察を受けた。急性腎炎のうえ肺結核の疑いもあるので、すぐに入院するように医師から言われた。

凛治郎は、別に驚かなかった。高校三年を留年したうえに参禅して病気になってしまった凛治郎にとって、落ち着ける居場所は自宅にはないように感じられた。それよりも、病院にいるほうが気楽だった。

母に電話して当座の生活用品を病院まで持って来てもらった。母は、

「困った子ねぇー」

とだけ言って凛治郎の顔を諦めたように見つめていた。

凛治郎は、

「すいません。四月から高校には休まず行って卒業し、大学を受験するから」

というのが、精一杯だった。

病室は六人の相部屋だった。高校生らしい患者もいたが、話す気にはなれなかった。医師の回診や投薬のとき以外は、病室の天井をぼうっと眺めていることが多かった。

テレビや新聞では、ノイローゼを社会問題として取り上げるようになっていた。東大病院や赤坂の病院の専門医に神経症・ノイローゼと診断された凛治郎は、

「自分はほんとうに精神に異常をきたしているのかもしれない？」

とも思うようになっていた。

治療では、投薬のほかにいろんな注射をされた。結核の特効薬だというストレプトマイシンの注射もされた。ストレプトマイシンの注射のあと、頭が痛くなった。ストレプトマイシンを注射したあとの頭の痛さは、鉄棒から落下してから続いていた頭痛とは違ってズキズキと痛かった。

鉄棒から落下したあと続いていた頭の痛さは、太い紐で頭を締めつけられるような鈍痛だった。

注射したあとの頭痛のことを話すと、医師は

「ストレプトマイシンには、そういうことがあります」

と無表情に言って、看護婦に注射を止めるように指示していた。注射を止めると、頭がズキズキ痛むのはすぐに収まった。

三週間余りして、医師から退院の許可が出た。急性腎炎は治ったし、肺結核の疑いはなくなったということだった。

四月の新学期になった。凛治郎は、二度目の三年生を始めた。顔見知りの同級生はいなかった。

凛治郎は高校へは休まずに通った。夏休みには、予備校の夏期講座にも通った。成績は、高校全体でも上位だった。

九月に入ると、同級生は受験ムード一色だった。高校の担任が志望大学の調査をした。

「東大へ行け！」

と父からことあるごとに言われていた凛治郎は、担任の質問に、

「東大です」

と反射的に答えていた。

ある日の夕食のあと、父や兄から
「東大を受けるように！　志望大学を京都大学や一橋大学にするのは、一歩後退だ！」

と改めて念を押された。

テレビが有識者の政治座談会を放送していたときだった。放送局の解説委員長をしていた父は番組に出演していた有識者を見ながら、

「あの人たちは、みんな東大出だ！」

と、呟いていた。父の言葉は、凛治郎の胸に突き刺さるように響いた。

父は
「テレビの番組に出演している有識者のように、東大へ進んで人の上に立つ人間になれ！」

と、凛治郎にハッパをかけているようだった。

三十代の若さで秘書課長に昇進した父は、中央官庁出身の天下りで公私をわきまえず金遣いと女癖の悪い常務と衝突した。

「あなたのような人がいると、職場の規律が乱れる」と退職を迫ったそうだ。

常務は職を追われたものの父も喧嘩両成敗で北陸の金沢放送局長に左遷され、さらに半年ほどで岡山放送局長に盥回《たらいまわ》しされた。

住宅事情が悪いため一家は父の出身地の広島県福山市で暮らし、父は岡山に単身赴任していた。

昭和二十年八月六日の朝、広島の放送局に出張していた父は、爆心地から九百メートルほど離れた旅館で出かける支度をしていたところ原子爆弾に遭った。

旅館の壁の陰にいたためなんとか一命はとりとめた。それでも、体中の四十か所あまりにガラスの破片が突き刺さっていた上、原子爆弾の放射線による白血病と診断され岡山大学の付属病院に入院して治療を受けることになった。

担当の医師が母に
「ご主人の容体がよくありません。万一のことを覚悟しておいてください」

と言っていたのを、凛治郎はよく覚えている。

幸い、医師の話とは違って入院して三か月目ぐらいから父は奇跡的に体力を回復し始め、半年ほどすると退院して福山の自宅で療養できるまでになった。

父は散歩しながら書店や古本屋をのぞくのを日課にしていた。父が古道具屋から届けてもらった本箱は、つぎつぎに買ってくる本で二〜三か月のうちに一杯になっていた。

凛治郎にはよく判らなかったけれど、父の読む本が終戦前と終戦後ではまったく違っているように思えた。

終戦前の父の本箱は、「古事記」に「日本書紀」それに「万葉集」や「古今和歌集」などの国文学関係の本や天皇陛下について書かれた本で埋まっていた。

しかし、大学病院を退院して自宅療養するようになってからの父の本箱には、背表紙にマルクス・レーニン主義とか共産主義それに徳田球一とか野坂参三とか書かれた本が目立っていた。

食事のときにも、以前のように万葉集や天皇陛下の話はまったくしなくなっていた。

あれだけ天皇陛下のことを崇拝していた父が「てんのうへいか」の「て」の字も口にしなくなったことが、凛治郎には訳が判らなかった。

広島で原子爆弾に遭いそして戦争に負けたのを境に、父はまるっきり以前とは別の人間になってしまったかのように思われた。

堅い瓦の表面も溶かしてしまう原子爆弾の熱線が、父の体だけでなく頭の中まで変えてしまったのだろうかと、凛治郎はいぶかしく思うようになっていた。

昭和二十二年の四月から父は、広島放送局の放送部長として職場に復帰した。単身赴任だった。

広島放送局に復職してから一年余り過ぎた夏、週末に福山に帰って来た父が母に
「また左遷だ。こんどは四国の徳島放送局長だ」

とブスッとした表情で話していた。

晩ご飯を食べながら話を聞いていると、父が読んでいる本を見た職場の上司に「アカだと決めつけられて、飛ばされるんだ」ということだった。

父は、「石をもて追われるんだ」とボソッと言うと、二階に上がって寝てしまった。

凛治郎は、母に
「アカって何？　アカだと何で左遷されるの？」

と聞いてみた。

母は、

「お父さんはアカではないのよ」と言ったきり、あとは黙って晩ご飯のあと片づけをしていた。

茶碗やお皿を洗うのに、いつもより時間をかけているように見えた。凜治郎は、母にそれ以上は聞くことができなかった。


徳島放送局長に左遷された父は酒に溺れて、帰宅するのは毎晩夜中だった。

あるときは、アメリカ軍の広報からもらってきたウィスキーの瓶が倒れて流れ出したウィスキーを、食卓に顔をくっつけて啜っていた。

「人間の考え方や生き方が、そう簡単にクルクル変わるものなのか？　これも原子爆弾のせいなのか？」

その頃から凜治郎は、何かを信じることに用心深くなっていた。

徳島での生活が四年続いた。阿波踊り初日の八月十二日の夕方、父が珍しくお酒も飲まないで自転車で帰って来た。

玄関を入るなり母に、

「東京本部に部長で戻れることになったぞ！」

と大声を上げた。

父は
「長い間の左遷からようやく復活できた！　苦労かけたなぁ！」

と言って母の手を握って涙を流していた。母も涙目になっていた。

金遣いと女癖の悪い常務に退職を迫って金沢放送局に左遷されてから八年経っていた。東京本部に復帰してからは、父は順調に昇進した。


東京大学は世の中の権威に違いなかった。しかし、東京大学を卒業した父や兄を見るにつけ、たしかに記憶力はいいと思うけれど、決して頭がいいとは思えなかった。

けれども父や兄に

「どうして東大でなければ、だめなの？　慶応や早稲田では、どうしていけないの？」

と言えるだけの自信が凛治郎にはなかった。

父の意向のままに、凛治郎は
「東大に入らなければいけない！」

という観念から抜け出せなかった。

高等学校の授業に満足に出席していないため数学の基本的な学力に欠けるところがある凛治郎は、なんとかそれを補おうと試験問題集から入学試験に出そうな問題を丸暗記し、あちこちの模擬試験を受けた。

丸暗記したのと同じ傾向の出題があったときはよくできて成績上位者の中に名を連ねることはあったが、試験問題の丸暗記で解ける問題は多くはなかった。

数学でつまずいているのがひびいて、英語や理科などほかの科目の勉強もあまり進まなかった。

あっという間に受験シーズンが来た。凛治郎は東京大学の文科一類を受けたが、合格できなかった。苦手の数学は勿論、ほかの学科もあまりできなかった。高校の卒業式を済ませ、お茶の水にある予備校に入学手続きをした。

予備校の授業には、毎日出席した。出席はしたものの授業には身が入らなかった。鎌倉の円覚寺に参禅してあまり気にならなくなっていた頭痛が、またぶり返していた。たびたび頭痛が起きるようになった。

頭痛はだんだんひどくなって、以前のようになっていた。凜治郎は頭痛を振り払いながら、なんとか授業に集中しようとしていた。

その頃から凜治郎は、長く続いている頭痛は
「鉄棒から落下したためだけではないのではないか？」

と思うようになっていた。

「東大へ行け！　東大以外は大学ではない！」

という父の言葉が強迫観念みたいなものになって、頭痛を引き起こしているのではないかと考えるようになっていた。

受験勉強がちっとも進まないまま、夏になった。父が四国の松山放送局長に異動になったため、凜治郎は下宿することになった。

下宿先は母の知り合いで、戦時中、海軍の中将だった人の未亡人の家だった。中将夫人はプライドだけで生きているような人で、凜治郎の父と兄が東大卒だという理由で下宿を引き受けたらしかった。

プライドだけで生きている人とは肌が合わず、二か月でその下宿を退散し狭い木造アパートに引っ越した。

アパートは、東横線の多摩川園前駅から歩いて五分ほどのところにあった。多摩川台公園のすぐ近くだった。

頭痛が続いて勉強に集中できなかった。予備校が休みの日に参考書を開いていても同じページを眺めているだけの時間が二時間も三時間も続いた。

堪《たま》り兼ねて多摩川台公園を歩き回った。公園は、多摩川に沿った台地にあり、いくつかの古墳があった。見晴らしがきく冬になると、富士山の眺めが素晴らしいと評判だった。

凜治郎は、富士山の眺めを楽しむ余裕などまったくなかった。顔つきが普通でなくなっていたのか、すれちがった女子高校生のグループが凜治郎を避けて通り過ぎて行く有様だった。

勉強が手につかないまま、また受験シーズンがやってきた。予備校の担当者から、京都大学の法学部なら合格すると言われた。

父や兄から

「東大ではなく、京都大学や一橋大学を志望するのは一歩後退だ！」

と決めつけられていた一浪の凛治郎は、頭痛に悩まされている経験から医者になって頭痛に悩む人の助けになることができればと京都大学の医学部を受験した。

合格するとは思っていなかった。格好をつけるために、受験したようなものだった。

案の定、不合格だった。

受験に二度失敗したのに、凛治郎にとって切実な問題のようには受け止められなかった。

ぶり返した頭痛のことが、第一に乗り越えなければならない問題だった。

頭痛に悩まされ続けていることに比べれば、二度の受験失敗もそれほど深刻には思わなかった。

浪人二年目は、大塚の予備校に手続きした。二年目の予備校生活も、頭痛との戦いだった。頭の鈍痛は、以前と同じように続いた。

頭痛に加えて、体調不良も起きるようになった。蕁麻疹《じんましん》がしょっちゅう出るようになっていた。医者からは、抗ヒスタミン剤を処方された。

抗ヒスタミン剤を飲むと副作用のせいか、予備校の授業中でも眠気に襲われた。眠気を振り払おうとしても、どうしようもなかった。

下宿していたアパートから二十分ほど歩いたところに、田園調布中学の友人の家があった。スポーツが万能で、ものすごく日に焼けていた。そのせいか〝おこげさん〟と呼ばれていた。

その友人も、二浪していた。母一人、子一人の母子家庭だった。二浪している凛治郎に、つき合う友人はいなかったが、この友人とだけは、なんとなく行き来していた。

抗ヒスタミン剤の副作用で眠気がどうしようもないとき、ついこの友人の家に出かけて、居間で眠らせてもらったりしていた。

気のいいこの友人も、さすがに「アパートに帰って寝たらどうか」と迷惑そうな顔をすることもあった。

そういうときも凛治郎は、夕方まで寝込んで晩ご飯までご馳走になったりした。

受験勉強に集中できないまま、あっという間に晩秋になっていた。頭痛を理由にいくらなんでも三浪はできないと凛治郎は考えていた。

三度目の受験は、

「東大のほかに慶応と早稲田を受けよう」

と、凛治郎は決めていた。

冬の風が吹き始めたある日、出張で上京して来た父から兄と一緒に晩ご飯を食べようと電話があった。

父は、新橋のステーキ屋でご馳走してくれた。カメラマニアの父と兄は、写真の話に夢中になっていた。

黙って食べている凛治郎に父と兄が

「こんどの受験は、どうするつもりだ？」

と、ぎこちなく聞いてきた。

父と兄の質問を予期していた凛治郎は、

「第一志望は東大の文科二類、第二志望は慶応の経済と早稲田の政経を受ける」と答えた。

父と兄は諦めたような顔をしていたが、二度も失敗している凛治郎にはそれ以上は何も言えないようだった。三度目の受験は、東京大学と慶応と早稲田に願書を出した。慶応の経済学部と早稲田の政経学部には合格した。しかし、東大の一次試験には合格したものの二次試験では落第した。苦手の数学が全然できなかった。

凛治郎は、慶応大学の経済学部に入学の手続きをした。特に理由がある訳ではなかった。教科書に載っている早稲田の大隈重信の顔が好きになれなかった。どちらかというと、慶応の福沢諭吉の方に親近感を持てた。

福沢諭吉の「天は人の上に人をつくらず、人の下に人をつくらず」という言葉に共感するものを感じていた。

中学時代からの生活信条である〝威張りたくもないけど、威張られたくもない〟と共通するものを感じていた。

凛治郎が慶應義塾大学に入学することになったと報告すると、父はまだ少し心残りがあるような表情をしていた。それでも、「そうか……」と言っただけで頷いていた。そばにいた兄は、凛治郎には目を向けず黙って新聞を読み続けていた。

慶応義塾大学のほとんどの学部では、二年間の教養課程は日吉キャンパスで行われる。

新入生に対する学科やサークル活動のガイダンスが終わって、ようやく大学生活にも慣れてきた四月の終わりごろから、キャンパスのあちこちで「安保改定反対」の立て看板が多くなった。活動家の学生たちのビラ配りも、目立つようになった。

学生運動になんとなく違和感を持っていた凛治郎は、しっくりしないものを感じていた。

しばらくすると、「安保反対」に対抗して「安保賛成」の立て看板も立てられるようになった。

キャンパスの広場では、反対派の学生がハンディートーキーで国会デモへの参加を呼びかけると、賛成派の学生がハンディートーキーのボリュームをさらに上げて「安保賛成」の理由をまくしたてていた。

クラス討論の議題も、「日米安全保障条約の改定に賛成か反対か」に終始した。立て看板が異様に目立つキャンパスは落ち着きがなく、なにかに浮かされているような雰囲気だった。

終戦前後の体験から何かを信じることに用心深くなっていた凛治郎は、安保条約の改定に反対するにしろ賛成するにしろ活動家の呼びかけを受け入れることには慎重だった。

五月十九日に、自民党は衆議院の特別委員会で新しい日米安全保障条約案を強行採決し、翌五月二十日に新条約案は衆議院本会議を通過した。

反対運動は一挙に盛り上がり、抗議のデモが連日にわたって国会を取り囲んだ。

クラス討議の結果、五月二十六日にクラスの有志が国会包囲デモに参加することになり、凛治郎も集合場所の日比谷公園に向かった。

日比谷公園に着いてみると、集まった学生たちの中にクラスメートの内川君と小川君がいたのは意外だった。

二人は授業にはほとんど出席しないで夜の遊びのほうに精を出していたが、凜治郎とはなんとなく気が合っていた。凜治郎が怪訝な顔をしていると、二人は「これも社会勉強だよ」とニヤニヤしていた。

慶応からもおよそ千二百人が参加していた。少なかったけれど、女子学生もいた。慶応大学の一団の先頭には、ブルー・レッド・ブルーの三色旗が翻っていた。デモ隊の中に三色旗を見つけた沿道の人たちの間から、

「オッ、慶応の学生もいる！」

と驚きの声が聞こえた。

集まった大学の中には、東京芸術大学の一団もいた。芸大の女子学生の先頭に、四国の徳島に住んでいた時に家が近所で中学校が一緒だった堀江さんがいた。

懐かしかったけれど頭痛に悩まされている凜治郎には、堀江さんとゆっくり話をする余裕はなかった。住所の交換だけして、凜治郎は慶応の学生の集団に戻り、別の大

学の学生とともに国会包囲デモに合流した。

凜治郎は、安保条約についての自分自身の判断をつけかねているまま、世の中の雰囲気に流されて国会を取り囲むデモ隊の中にいた。

凜治郎はデモの指導者の声に合わせて、「安保批准絶対反対」「岸内閣退陣」「国会即時解散」とシュプレヒコールを繰り返していた。

「安保条約改定について、自分で判断した上でデモに参加しているのか？　世の中の雰囲気に流されているだけではないのか？」

デモの流れの中に身を置きながら、自分自身を問い詰めていた。凜治郎は、落ち着きがなくなり気持ちが不安定になっていくのを感じていた。

父は松山の放送局長から広島の放送局長を経て、東京本部の役員の一人に昇進していた。凜治郎は、井の頭線東松原駅近くの社宅から慶応の日吉校舎に通っていた。

その日、国会の包囲デモと正門前での座り込みのあと、デモ隊は日比谷公園から新橋を通り銀座通りを抜けて東京駅の八重洲口までデモを続けた。

途中、凜治郎は新橋の田村町交差点近くにある放送局の本部の玄関前で、パイプを燻らせながら通り過ぎるデモ隊を見物している父を見つけた。

役員に昇進したとき、父は
「ようやく支配階級の一員になれた！」と呟いていた。

凛治郎は、「えっ？」と思って父を見た。父は、ほんとうにそう思っているらしかった。

戦争が終わって間もないころ終戦前は天皇の崇拝者だった父が、アメリカ軍からもらってきたウィスキーの瓶が倒れて流れ出したウィスキーを、食卓に顔をくっつけて啜っていたことを思い浮かべていた。

日が暮れていた上に少し離れていたので父の表情はよく見えなかったけれど、凛治郎は
「終戦前後に百八十度の変身をした父が、いまどんな思いで安保反対のデモを眺めているのか？」

と考えてみたけれど、納得のいく答えは思いつけなかった。

家に帰ってからも、凛治郎はデモの途中で父を見かけたことは話さなかった。

翌年の一月半ばになると日吉キャンパスは、「安保反対」などの立て看板が目につ

かなくなっていた。

木々はほとんど葉を落として見通しはよくなったものの、心なしかキャンパス全体が殺風景に見える。

時折、北風にあおられた落ち葉が、冬の寒々とした光の中を三階建て校舎の屋根のあたりまで舞い上がっている。

半年前の日米安保をめぐるキャンパスの雰囲気が、嘘のようであった。

安保反対に熱心だった友人たちも、安保の問題を話題にしなくなっていた。

講義よりも夜遊びに熱心な内川君と小川君は、相変わらずいつもの調子だった。

二人は、安保反対のデモが盛り上がった頃も今も、生き方に変わりがなかった。

考え方や生き方を時流に合わせて変えていくことに強い不信感を持っている凛治郎は、内川君と小川君に親近感を持つようになっていた。

鉄棒から落下したのがきっかけで頭痛に苦しめられてきたため、女性と親しくしようという気持ちにはなれなかった。

それでも、頭痛の原因が鉄棒から落下したためだけではなくて、

「東大以外は大学ではない！　なんとしてでも東大に入れ！」

という父の厳命が強迫観念となって頭痛を引き起こしていたのではないかと思うようになってから、気が楽になっていた。女性とつき合ってみたいとも思うようになっていた。

内川君と小川君にダンスパーティーに誘われた。凛治郎は、二人に持参するように言われたゆで卵を持ってパーティー会場に出かけた。

入り口で待っていた二人に、ゆで卵をズボンのポケットに入れるように言われてその通りにした。

内川君は
「踊っているときにゆで卵が太腿に当たるようにすると、相手の女が興奮してくる。それから先は君の腕次第だ。あした結果を聞かせてほしい」

と言って、すました顔をしていた。

凛治郎は初体験だったので気後れしていたが、ちょっと太めだけど顔立ちのいい女性に「踊っていただけませんか？」と声をかけてみた。

踊りを続けていると、相手の女性が心なしか体を押しつけてくるように感じた。「それから先は君の腕次第だ」という内川君の話を思い出していたが、凛治郎はそれ以上にことを進める気にはなれなかった。

というより、どうしていいのか分からなかったというのが本当かも知れなかった。結局、ワルツを一曲踊っただけで、内川君と小川君には黙って会場を抜け出した。

翌日、講義の合間に内川君が「首尾はどうだった？」と話しかけてきた。凛治郎が一部始終を話すと、内川君は

「門馬はいつも何か考えこんでいるようだけど、もうちょっと遊びを覚えなければだめだ。きょうはストリップに案内する」

と言って、待ち合わせの場所と時間を告げて立ち去った。

二人と落ち合った凛治郎は、京浜急行の鶴見駅近くのストリップ劇場に連れていかれた。

中に入るとトイレの臭いが漂っていたが、せいぜい百ぐらいの座席は満席で立ち見の客もかなりいた。

観客は若者からサラリーマン風の中年それに作業員らしい年配の人まで、さまざまだった。

観客席の真ん中にせり出した花道では、全裸の踊り子が仰向けになったまま太股を大きく開いていた。中年男が、踊り子の太股の間に顔をくっつけていた。

踊り子は観客全員によく見えるように、花道で仰向けの姿勢のまま少しずつ体を移動させていた。踊り子が体を移動させるたびに、観客からものすごい拍手が起こった。

凛治郎が、女性の性器を目のあたりにするのは初めてだった。ドキドキして、頭に血が上るのがよく分かった。

内川君が耳元で、「こめかみに青筋が立っている。高い料金を払っているのだから、もっとよく見て元をとれ！」と囁いた。

興奮は収まらなかった。こめかみに手を当ててみると、血管が浮き上がっているのが分かった。ズボンの前が硬く膨らんだままだった。

二人目の踊り子も、三人目の踊り子も観客の拍手に応えて、太股を大きく開いて見せた。四人目、五人目になると凛治郎も落ち着きを取り戻して、いくらか楽しんで見物できるようになっていた。

踊り子たちがストリップに出演するようになる事情はよく分からないけれど、凛治郎は見ず知らずの観客の前で裸をさらすことで生活の糧を得ている女性たちに驚異を感じていた。体の全てを人前にさらす逞しさに、圧倒されていた。

凛治郎は、

「自分は、あんなことはできない。ストリップの女性たちには、かなわない。もし、踊り子たちのように裸になれたら、頭痛からも解放されるのではないか」

と考えるようになっていた。

ダンスパーティーは性に合わないのでそれ以後は行かなかったが、鶴見や川崎のストリップ劇場には自分から二人を誘って出かけるようになった。

凛治郎はストリップの女性たちの逞しさを見ていると、なぜか気持ちが休まるのを感じていた。


日吉キャンパスで二年間の教養課程を終えると、三年からは三田の学部に移る。内川君と小川君は必修科目の語学で苦労して超低空飛行だったけれど、なんとか進級することができた。

凛治郎は講義には真面目に出席していた。成績もよかった。しかし、成績のいいグループには加わらなかった。凛治郎の感性とは、相容れないものがあるように感じていた。

春と秋の六大学野球、晩秋の三田祭と続いてあっという間に四年生になると、就職活動が始まった。

凛治郎は、以前のように頭痛のことが気にならなくなっていた。ほとんどの学生が三年修了までに必要な単位を一科目か二科目程度残しているだけなので、四年生になってからは就職活動に専念していた。

安保反対運動に夢中になっていた友人たちも、ゼミの教授から紹介してもらったり、先輩を手蔓《てづる》にしたコネ探しに目の色を変えていた。

中でも、安保反対運動でクラス討議を引っ張っていた村井君は、特に変わり身が激しかった。

「日本の権力構造を壊して、新しい社会をつくろう！」

と、檄を飛ばしていた村井君は、「アンポ」の「ア」の字も口にしなくなって、きょうは銀行、あすは貿易商社、その次の日はメーカーと走り回っていた。

村井君は、「破壊しよう！」と檄を飛ばしていた権力構造の中に入り込もうと懸命だった。

人づてに聞いた話では、村井君は母一人子一人の家庭事情で就職に失敗するわけにはいかないということだった。

村井君とは一線を画していた凛治郎だったが、――村井君には村井君の事情があるんだな――とも考えていた。

就職活動一色の落ち着かない雰囲気の中で、凛治郎も就職先を考え始めていた。凛治郎は、利潤追求が第一の目的の株式会社ではなく、公益的な会社に就職しようと考えていた。

凛治郎は、電力会社を志望した。就職関係の参考図書によると、電力会社には大学の派閥があって、東京の電力会社は東京大学、名古屋の電力会社は慶応義塾大学、大阪の電力会社は京都大学が幅を利かせるということだった。

凛治郎は、父がテレビの座談会の出演者を見ながら、

「あの連中は、みんな東大卒だ」

と、呟いていたのを思い出していた。

「なんで東大卒のレッテルが、世の中で幅をきかすのだろう？」

と、凛治郎は思った。

しかし、いざ自分が就職先を決める段になると、学閥のことが気になってしょうがなかった。

「東京の電力会社にするのか、名古屋の電力会社にするのか、あるいは大阪の電力会社にするのか」

凛治郎は迷っていた。

東京に住んでいる凛治郎は、普通なら東京の電力会社を志望するのが自然だった。

「威張りたくもないけど、威張られたくもない」を生活信条にして権力の座に関心も興味もない凛治郎だったが、東大閥の話を聞いてからは、

「そんなことどうでもいいよ」

と言い切れるほど強くはなかった。

「東大卒という学歴の権威に安住している父のような生き方は、したくない」

と思いながら、凛治郎は父や周辺の人たちの考え方に引きずられていた。

「ようやく支配階級の一員になれた」

と満足げにパイプ煙草を燻らせている父に、

「やはり東大を出ていると違いますねー。東大閥は強力ですねー」

と、お追従を言っていた周辺の人たちの言葉が、凛治郎の頭の中で繰り返し駆け巡っていた。


凛治郎は、慶応閥の名古屋の電力会社を志望することにした。東大閥をひけらかす父のような生き方はしたくないと思っていた凛治郎だったが、結局は慶応閥のエスカレーターに乗る楽な道を選んでいた。

凛治郎は、

「反発していた父の生き方と自分の生き方に、どれほどの違いがあるのだろうか?」

と思って気が重かった。

内川君と小川君から
「門馬はどこを志望するんだい?」

と聞かれた。凛治郎が、

「名古屋の電力会社を受けようと思っている」

と答えると、二人は、

「東京に家があるのに、なぜ東京の電力会社を受けないの?」

と冷ややかに凛治郎を見ていた。

凛治郎は、

「名古屋の電力会社の前身は、〝電力の鬼〟と言われた松永安左ヱ門がつくった会社だ。その松永安左ヱ門に憧れて行くんだよ」

と格好をつけて、理由にならないことを言っていた。

名古屋出身の小川君は、

「ふーん。名古屋の電力会社は慶応閥だからなぁー」

と、白けた調子で呟いていた。

五月になると、企業から内定をもらう同級生が出始めた。大手の銀行や損害保険会社それに貿易商社から内定をもらった同級生は、花形だった。安保反対運動でクラスを引っ張っていた村井君もその一人だった。

話題は、初任給や就職先の厚生施設の話が中心で、安保の話などは一切出なかった。

凛治郎は、そうした話の輪の中には加わらなかった。

成績がよくなかった内川君と小川君は、会社めぐりの段階で感触が悪く希望が持てないようだった。

凛治郎は内川君と小川君を誘って、渋谷の恋文横丁に餃子を食べに行った。

道玄坂の大通りから路地を入ったところにある恋文横丁には、間口の狭い飲食店が軒を連ねていた。

三人は、路地の中ほどにある店に入った。その日は、餃子を百個以上食べられるか試してみることになった。

小食な内川君は、三十個で箸を置いた。高校のとき柔道部だった小川君は、焼き餃子と水餃子を黙々と口に運んでいた。凛治郎は八十個で音を上げたが、小川君は百十個も平らげた。

餃子を食べている間はほとんど喋らなかった小川君が、食べ終わってから
「就職は諦めた。遊びはもう卒業して猛勉強する。二年後に公認会計士の試験を受ける。乞うご期待」

と話し出した。

小川君の目の光が、これまでと違っていた。凛治郎は、小川君に開き直った逞しさを感じた。

内村君は二年ほど小さな会社で社会勉強したあと、親が経営している学習塾を引き継ぐということだった。

凛治郎も、六月の初めには名古屋の電力会社から内定をもらった。「うれしい」とか「よかった」という気持ちは起こらなかった。社会への新しい門出だというような、

晴れやかな気持ちにもなれなかった。

凛治郎は、久しぶりに三田キャンパスの一角にある三田演説館に行ってみた。

三田演説館は福沢諭吉によって建てられた日本で最初の演説館で、なまこ塀で木造瓦葺きの洋風の建築様式で建てられている。

ふだんは建物の中に入れないが、ガラス越しに内部の様子が分かるようになっている。福沢諭吉が演説したときに使った演台などがそのままに残っている。

演説館のすぐ脇に樹齢を刻んだ銀杏の木がある。銀杏の葉の緑が演説館の灰色がかったなまこ塀と調和している。

凛治郎は演説館の静かな雰囲気が好きで、講義と講義の間が空いているときには、しばしば演説館に来てとりとめもないことを考えていた。

通用門横の丘に建っている演説館の東側のスペースから、通用門を出入りする学生たちがよく見える。

夏の初めで、女子学生たちは明るい色の夏服になっていた。男子学生たちはジーパンに白いポロシャツ姿が多かった。みんな楽しそうに話し合いながら、通用門を通り過ぎて行った。

凛治郎は、青春を謳歌している学生たちが羨ましかった。しかし、「東大が一番！」という父の言葉から抜け切れずスッキリした気持ちになれない凛治郎は、女子学生の友達をつくりたいという気持ちにはなれなかった。


四月の初め、名古屋の電力会社の本社で入社式があり、社長の訓示を聞いた。

その日から六十人余りの大学卒の新入社員が、一か月半ほど名古屋市郊外の研修所に寝泊まりして業務の講義を受けることになった。

研修初日から一週間ほど経って、電力会社三田会の人から慶応出身の新入社員は三田会に出席するように言われた。

研修を終えてから、凛治郎は三田会の会場に行った。名古屋市の中心部にあるホテルのホールだった。

入り口で慶応出身の新入社員名簿と座席表を渡された。慶応出身者が二十人ほどいた。

広いホールの会場には、慶応出身の社長をはじめ役員や部課長が勢揃いしていた。まず、社長や数人の役員が挨拶した。

詳しいことは覚えてないが、

「わが社では、伝統的に慶応義塾の出身者が活躍している。新しく入社した諸君も、この伝統に背かないよう仕事に邁進してほしい。

会社の方針に従って努力する限り、諸君たちの将来は保障する」

というような趣旨の挨拶だったことが印象に残っている。

新入社員一人ひとりが自己紹介させられたあと、宴会となった。凛治郎が指定されたテーブルの席に行くと、新入社員二人と入社式で訓示をした社長が座っていた。

凛治郎は社長に丁重な挨拶をしたものの、場違いな所へ来てしまったと思った。

料理はそれまでに口にしたことのないようなご馳走だったし、飲み物もふんだんにあった。

同席した新入社員二人は、大学時代にラガーマンだった社長とラグビーの話で盛り上がっていた。

宴会のしめは、体育会出身の先輩社員が音頭をとりながらの慶応の塾歌と応援歌の大合唱だった。

凛治郎も、みんなと声を合わせて歌った。一緒に歌わなければ、慶応出身社員の輪の中から、はじき出されそうな雰囲気だった。

先輩たちは、みんな人柄のいい人たちのように見えた。こうした人たちの流れの中におとなしく身をまかせていれば、サラリーマンとしては平穏な生活が約束されていた。流れに逆らえばこの上なく住み難くなりそうだった。

凛治郎は、東大卒という肩書を絶対の権威だと思い込んでいる父に違和感を持っていた。

しかし、歓迎会を開いてくれた慶応の先輩たちも、同窓会という人脈の中に安住しきっているようだった。

凛治郎は、

「慶応出身の先輩たちも、東大が一番と思い込んでいる父と余り変わらないなぁー」

と溶け込めないものを感じていた。

凛治郎はみんなと一緒に塾歌と応援歌を歌いながら、同窓会という人脈の流れに乗るか乗らないかの踏み絵をさせられているような気持になっていた。

宴会から研修所への帰り道は、静岡出身の松野君と一緒だった。凛治郎が黙っていたせいか、ふだんは口数の多くない松野君が凛治郎を横目で見ながら、

「俺は工業高校の出身で大学に進めるとは思ってなかった。一年浪人してやっと慶応に入学できた。電力会社に入るときも、役員をしている慶応ボート部の先輩の世話になった。

考え方はいろいろあるだろうが、俺は同窓会の人脈にトコトン乗るつもりだ」

と話しかけてきた。

松野君は、

「門馬君はどう考えているんだ?」と問いかけているようだった。松野君の生き方はそれなりに地に足がついていると思っていた凛治郎は、素直な気持ちで
「君はこの会社で偉くなると思うよ」とエールを送った。

凛治郎は素直に物を言う松野君に親近感を持っていたが、学閥についての自分の考

え方は話さなかった。

「東大卒が一番と思い込んでいる父のような生き方はしたくないと思いながら、慶応閥の会社を選択する生き方でいいのか？」

と自分自身に問い詰めていた。

凛治郎は入ったばかりのこの会社に、長くはいられないのではないかと予感していた。いずれ結論を出さなければならないと考えていた。


研修が一か月ほど過ぎたころ、新入社員の間で
「研修を受けている間に、労務の担当者が新入社員一人ひとりの個室をチェックしている。どうやら、共産主義に共感している社員がいないかどうか調べているらしい」

という噂が広がった。

噂は、本当らしかった。地方の国立大学出身の新入社員の一人が共産党のシンパだという話だった。

凛治郎は終戦直後のころ、父が共産主義関係の書物を読んでいたことを上司に咎め

られ広島から徳島に左遷させられたことを思い出していた。

どういう経緯だったかよく判らないけれど、その新入社員はまもなく退社した。家業の履物屋の商売を継ぐということだった。

凛治郎は学生のとき、マルクス経済学の参考書を読んだ程度であまり関心はなかったが、会社組織の恐ろしさを感じた。

新入社員は研修所での業務研修を終えてから、こんどは一年間、各支店に配属されて実務研修を受ける。

支店の事務系と技術系の全ての課で、実務を経験してから本店の各課に配属されるということだった。

凛治郎は静岡支店に、松野君は津支店に配属されることになった。凛治郎は松野君に
「時折、電話するよ。来年また本店で会おう」と再会を約束した。

静岡支店の独身寮は、日本平の麓にあった。私鉄の新静岡駅から十五分足らずの御門台駅から、なだらかな坂を十分余り上ったところにあった。独身寮の自室の窓から、

日本平が見えた。

静岡市の中心部にある支店での研修は三週間ずつ総務課、経理課、営業課、発電課、送電課、配電課などの課を回るものだったが、お客様扱いで遊んでいるようなものだった。

特に、慶応出身者だと別扱いされた。凜治郎は、

「学閥というものは、こういうものなのか」

と思い知った。

凜治郎は、自分の弱さから東大閥の東京の電力会社を志望しないで名古屋の電力会社に就職した。

しかし、凜治郎は同じ大学を出ているというだけで別扱いされる学閥というものに、安住できそうになかった。毎日、落ち着かない気持ちで過ごしていた。

独身寮に京都の同志社大学出身の三年先輩がいた。その先輩は凜治郎に、

「慶応の出身者は恵まれているよ。門馬君も、せいぜいそのレールに乗るんだねー。俺のように京都の同志社大学卒ではたかがしれているよ！」

と皮肉たっぷりに洩らしていた。

東大卒が一番だと思い込んでいる父に反発したのと同じように、京都の私立大学出身の先輩もこの会社の学閥である慶応出身の凜治郎に反発心を持っているのだと思わざるを得なかった。

静岡支店で実務研修を始めて七か月ほど経ったころ、凜治郎の体調がおかしくなった。

以前のような頭痛は、すっかりなくなっていた。しかし、体全体が押しつぶされてしまいそうな、鉄の錘をかかえたような圧迫感がひどくなっていた。

会社からの帰りに御門台の駅から独身寮までのなだらかな坂道を上っているとき、心臓の動悸が激しくなった。両足が重くなって、坂を上りきれなくなっていた。

独身寮まで行き着ける自信がなかったので、御門台駅近くの内科医院で診察してもらったけれど血圧や心臓は正常だった。

二日酔いみたいな顔をした中年の医者は、

「疲れでしょう。若いのだから、少し身体を休めると治るでしょう」と言って、腕に静脈注射をうってくれて飲み薬を処方してくれた。

待合室のソファーで少し休ませてもらってから、凛治郎はゆっくり歩いてやっと独身寮にたどり着いた。

その日、凛治郎は自室で布団に倒れこむように寝込んだまま、夕食を食べに食堂に行くこともできなかった。

数日前から風邪気味ではあったのだが、夜遅くなってから高い熱が出てきて咳き込むようになった。

翌朝、凛治郎は支店総務課に電話で訳を話し、体調が戻るまでしばらく欠勤させてもらうことにした。

総務課から提出するように言われていたので、熱が少し下がった午後、凛治郎は御門台駅近くの医院に診断書をもらいに行った。昨日の医師とは別の小太りの医師だった。

もっともらしい目つきをして聴診器を凛治郎の胸に当てていたが、

「気管支炎を起こしているし、扁桃腺がすごく腫れている。私は内科が専門だが、門馬さんは蓄膿症の疑いがあるし気管支系統が弱いようですねー。一度、耳鼻咽喉科の専門医に相談したらどうですか。まぁ、蓄膿症の疑いのことも含めて診断書を書いておきましょう」

とぶっきらぼうに言うと、静脈注射と気管支炎の薬の処方をしてくれた。

凛治郎は総務課の担当者に電話で

「気管支炎と診断されました。三～四日寝て、熱が下がったら出社します」

と連絡して、診断書を郵送した。

独身寮で寝ている間にも、

「世の中は東大閥で成り立っているというのに反発していたのに、慶応閥のエスカレーターに乗って、安穏なサラリーマン生活を送る生き方に疑問を感じないのか？」

と、心の奥底から問い詰められているように思えた。

凛治郎は、思い切って生き方を変えない限り、いつまでも心の奥底から問い詰められ続けるのではないかと考えるようになっていた。

凛治郎は医師に、

「一度、耳鼻咽喉科の専門医に相談したらどうか」と言われたのを思い直していた。安穏な生活に区切りをつけ新しい生活に踏み出すためには、体調を万全にしなければならない。そのためには耳鼻咽喉科の専門医の診断を受けてみようと、凛治郎は思い立った。

凛治郎は、東京の慈恵医大に耳鼻咽喉科の名医がいるのを新聞で読んで記憶していた。その名医が父の友人と懇意であることも、以前に聞いていた。

凛治郎は東大卒を誇りにして世の中を渡っている父の生き方とは、別の生き方をしようと思っていた。それだけに、父の人脈を頼りにしたくはなかった。

「都合のいいときは親に甘えている」

と、内心後ろめたい気がした。

しかし、凛治郎は新しい生活に踏み出すためには、この際できることは何でもやって「健康な体を取り戻そう」と決めた。

東京の父に、

「蓄膿の手術を受けるように静岡の医師から言われた。その上、気管支系統も弱いらしく専門医の診断を受けるようにも言われた。

会社をしばらく休んで東京に帰る。慈恵医大の名医の先生の手術を受けたい。今のうちに体の悪いところを治しておきたい。名医の先生にお願いしてほしい」

と電話した。

電話の声の調子から父は不承不承のように感じたが、なんとか了承してくれた。

熱が下がった週明けの月曜日、凛治郎は支店総務課の担当者に
「蓄膿の手術のため、会社を休みたい」

と申し出た。

担当者は渋い顔をしていたが、本店の総務課と連絡をとってくれて休暇を許可してくれた。

数日して父から、

「慈恵医大の先生が診断の上、必要なら手術することを引き受けてくれた」

と電話連絡があった。

凛治郎は慈恵医大で診断を受けるため東京へ出かける前の日、研修中の管理課の課長や課の人たち一人ひとりに丁寧に挨拶して回った。

凛治郎はその時、

「もう静岡支店で仕事をすることはないだろう」と予感していた。管理課の人たちは、みんな温かく接してくれた。

凛治郎は、

「申し訳ない。自分は周囲の人たちに、とんでもなく甘えた人生を送っているのではないか」

と後ろめたさを感じていた。

しかし、そのときは新しい生活に踏み出すために、健康な体を取り戻すことがなによりも優先していた。

凛治郎は、国鉄の新橋駅から歩いて二十分ほどの慈恵医大の病院に出向いた。耳鼻咽喉科で名医の先生の診断を受けた。

蓄膿症のほか埋没型扁桃腺炎それに鼻中隔湾曲症と肥厚性鼻炎で四回の手術が必要という診断で、翌日から二か月あまり入院するように言われた。

体の悪い部分を徹底的に治さなければならないと思っていた凛治郎にとって、二か月あまりの入院と四回の手術も苦痛ではなかった。

翌日、凛治郎はボストンバッグに下着や洗面用具など入院生活に必要な物だけ入れて病院に出かけた。

母がついて来てくれた。病院嫌いの母は凛治郎に「病院が嫌いだから、あまり見舞いには来ないわよ」と言って帰って行った。

高等学校では留年した上に二浪するし、就職したと思ったら手術で二か月余りも入院する凛治郎のことを、父や母は「厄介な息子」と思っているだろうと考えるようになっていた。

「周りの人に迷惑をかけ続けて、自分はどう思われているのか?」凛治郎はその頃まで、そんなことを考える余裕はとても持てなかった。

しかし、凛治郎は四回の手術を受けて健康を取り戻せば、新しい世界が開けて来るのではないかと希望を持つようになっていた。

両親や周りの人たちに、迷惑をかけない生活を送れるようになるのではないかと考えるようになっていた。

一回目の手術は、蓄膿症だった。一回目の手術のあと、治療を受けながら回復を待って二回目、三回目、四回目の手術を受けるというスケジュールだった。

耳鼻咽喉科の入院患者は重症な人もそうでない人も、毎日、同じ治療室で手当てを受ける。

凛治郎が治療室で手当てを受けていたとき、ふと横を見ると左側の眼球を摘出した中年の男の人が手当てを受けていた。

医師が、眼球を摘出した窪みから血で赤く染まったガーゼをピンセットで取り出していた。眼球を摘出しなければならないほど、蓄膿症が悪化してしまったということだった。

凛治郎は、言葉がなかった。それに比べると、蓄膿症や埋没型扁桃腺炎それに鼻中隔湾曲症と肥厚性鼻炎の手術は、手術のうちに入らないように凛治郎は思った。二か月余りで四回の手術を受けることなど何でもなかった。

入院生活が長くなると、顔見知りになって凛治郎に好意を寄せてくれる若い看護婦さんもいた。

しかし、なんとか新しい生活に踏み出したいと願っている凛治郎は、看護婦さんと親しく話をする余裕などとても持てなかった。

静岡支店の管理課や研修を受けた課の人たちが、見舞いの寄せ書きを送ってくれた。「早くよくなって、戻ってきてください」という内容だった。

凛治郎は心苦しくなった。支店で働いている人たちは、学閥とは関係のない高卒の人がほとんどだった。

高卒の人たちは、何も判らない新入社員の凛治郎たちには不平不満を洩らすこともせず、地道に日々の仕事に取り組んでいた。

そうした高卒の人たちに支えられながら、慶応閥というエスカレーターに乗って安穏にサラリーマン生活を送ることに、凛治郎は耐えられなかった。

慶応閥の中に身を安んじる生活を長く続けることは、とてもできないと考えるようになっていた。凜治郎は、タイミングをみて名古屋の電力会社を退社する気持ちを固めていた。

凜治郎の入院中に同期の新入社員は、各支店での研修を終えて本店の各課に配属されていた。

凜治郎は、退社するにしても本店の配属課で一応の仕事を済ませてから辞表を出すことにした。

四回の手術のあと、凜治郎は一週間ほどアフターケアを受けてから退院した。

名医にお願いした四回の手術が成功したのか、凜治郎はまるっきり体質が変わったように元気になっていた。

退院の日は実家に泊まって、翌日の朝早い新幹線で静岡支店に行き研修やお見舞いの寄せ書きのお礼を済ませ、その足で名古屋の本店に出向いた。凜治郎の配属先は、管理課だった。津支店で研修を受けた松野君は用地課に配属されていた。

人事課の人から、

「新しく建てた高層ビルの寮と二〜三年後には取り壊す古い木造の独身寮のどちらを希望するか？」聞かれた。

凛治郎は、古い木造の二階建ての寮を希望した。偶然だったが、松野君の部屋が廊下をはさんだ向かいだった。

古い独身寮は名鉄瀬戸線の小幡駅のすぐ近くにあった。線路に沿って建っていたので、古い建物は電車が通るたびに少し揺れた。廊下を歩いても、床がギシギシと音をたてた。

寮には二十人余りが暮らしていた。なんとなく家族的な雰囲気がある古い独身寮に、凛治郎は居心地の良さを感じていた。

名古屋市中心部の東新町にある名古屋の電力会社の本店へは、電車を一度乗り換えて四十分足らずだった。

松野君とは、毎朝一緒に通勤した。用地課に配属された松野君は、用地買収の交渉で出張することが多かった。

凛治郎が配属された管理課は、予算編成や料金値上げの際に通産省へ提出する資料づくりが主な仕事だった。凛治郎が管理課の仕事を始めた当座は、忙しい時期ではなかった。

松野君が出張から戻って来ている時は、勤務のあとよく一緒に名古屋コーチンの焼き鳥を食べに行った。

酒をほとんど飲めない凛治郎に、松野君は

「門馬君、いつも何か考え込んでいるようだけど、酒ぐらい飲めるようになってもっと気楽にいこうよ！」

と言ってよく飲みに誘ってくれた。

慶応の学生のとき、内川君や小川君に同じことを言われたのを凛治郎は思い出していた。

凛治郎は、なにかと気をつかってくれる松野君に、

「タイミングをみて退職する」

と打ち明けようと思っていたが、なかなか言い出せなかった。

ある日焼鳥屋へ行ったあと、松野君が
「門馬君、面白い所へ案内するよ。今池へ行こう！」

と誘うのでついて行った。

タクシーで今池まで行って、「ブラックキャット」というバーに入った。もう午前零時を過ぎていた。ボート部出身の松野君は、大男で酒豪だった。

ウィスキーのストレートを立て続けに三杯飲んでから、松野君はマダムに
「もう看板にして、例のヤツをやってよ！」

と持ちかけた。

マダムはすぐに頷いて、若いホステスに店のネオンを消してドアーを閉めるように命じた。

ライトをやや暗くしてムードミュージックが流れ出すと、全裸になった若いホステスがカウンターの上で踊りだした。

若いホステスはカウンターの上で、体をくねらせながら凛治郎と松野君の前を行ったり来たりしていた。

若いホステスは、すばらしい体をしていた。凛治郎は全裸の女性を見て、逞しさと安らぎを感じていた。

自分も若いホステスのように、余計なものは脱ぎ捨てて全裸になって生きていきたいと思っていた。

父親から突然電話があった。電話の内容は、かいつまんでこうだった。

「名古屋の有名企業の社長をしている知り合いから長い封書の手紙をもらった。その社長には、子供がいない。それで、凛治郎を養子に欲しい。後継者にしたいということらしい。結婚の相手は、好きな相手を選んでもらっていいということだった。悪い条件ではないから、考えてみてはどうか？　一度、じっくり話がしたいので家に帰って来い」

ということだった。その名古屋の知り合いは、東大法学部時代の学友だということだった。

土・日を利用して家に帰った凛治郎に、父親は床の間に大事そうに置いてあった分厚い封書を差し出した。父親は、養子話に乗り気のようだった。

凛治郎は封書に一応目を通してから、

「養子に行く気は、毛頭ありません。自分の将来は他人の力をあてにしないで、自分の力で築いていきたい。名古屋の有名企業の社長の養子になって、棚ぼたで後を継ぐなんて自分の感性には合いません。丁重にお断りして欲しい」

と父親に言った。

父親は残念そうな表情をしていたが、凛治郎のきっぱりとした言い方に
「そうか……」

と言ったきり、あとは黙っていた。


七月に入って、放送局がニュースの取材網拡充のために通信部の記者を募集していることを知った。

凛治郎は、躊躇なく願書を出した。父はまだ放送局で仕事をしていたが、父には相談しなかった。試験は、十月だった。

八月になって、管理課は忙しくなった。名古屋の電力会社が九つの電力会社のトップを切って電力料金の値上げを申請することになり、通産省へ提出する資料の作成が管理課の担当だったからだ。

九月に入ったら、午前零時前に独身寮に帰れる日はなくなっていた。

凛治郎の上司は、村田係長だった。凛治郎の席は、村田係長の隣だった。村田係長は、地元の名古屋大学出身だった。

仕事に情熱を持って取り組んでいて自分の意見をはっきり言う村田係長は、慶応閥に批判的だった。

凛治郎は、

「今に見ていろ！　慶応閥を打ち破ってやる！」

という村田係長の気迫を感じていた。

慶応閥の中にいて、後ろめたく落ち着かない気持ちでいた凛治郎は村田係長に親近感を持った。

村田係長の気迫に接しているうちに、

「学閥なんてなんとくだらないものか！」

と、凛治郎は思うようになっていた。

通産省へ提出する資料の作成作業は、そろばんとタイガー計算機を使った値上げの資料づくりと通産省のダメ出しによる修正作業の繰り返しだった。

村田係長の気迫に敬意を持っていた凛治郎は、そろばん片手の計算作業に全力で取り組んで、村田係長の仕事への情熱に応えようと思っていた。

通産省へ提出する資料の作成作業が終わった十月半ば、放送局の通信部記者の採用試験が新橋の東京本部であった。

試験は、英語や時事問題それに小論文などの筆記試験と面接だった。面接のとき、放送局の人から
「なぜ安定している電力会社を辞めて、条件のよくない通信部記者へ転職したいのか？」

と問い質された。

凛治郎は、慶応閥の中で安穏な生活を送ることに馴染めないという本心には触れな

いで、

「高校のときから体調を悪くして健康に自信が持てなかったので、地域独占で競争の激しくない電力会社に就職した。

電力会社に就職してから、大学病院で耳鼻咽喉科系統の手術を四回受けたら、体質が変わったように健康になった。

報道の過酷な仕事にも耐えられると思う。途中採用の通信部記者の仕事は厳しいと思うが、電力会社で仕事をしていたことは全て忘れて報道の仕事に挑戦したい」

と、当たり障りのない答えをした。

十月の末に、放送局から
「横浜放送局の藤沢通信部記者に採用する。十一月下旬から仕事をしてほしい」

という通知があった。

凛治郎は、東京の父に電話で
「電力会社を辞めて、放送局の藤沢通信部記者に転職する」

と事後報告した。

電話の父の声は、快くは思っていないようだった。

「定期採用の記者と違って、中途採用の通信部記者は冷遇されるぞ！　考え直したほうがいいんじゃないか？」

と不機嫌そうに言って電話を切ってしまった。

名古屋の電力会社を辞めることは、他人に理解されなくても凛治郎にとっては新しい人生へ踏み出せるかどうかの切実なことだった。

凛治郎の気持ちは、揺れ動かなかった。

十一月半ば、名古屋の電力会社へ辞表を出す日の朝、凛治郎はいつものように松野君と一緒に独身寮を出た。

小幡駅のホームで電車を待っているとき、松野君に
「いままで黙っていて申し訳ないが、今日辞表をだすよ」

と打ち明けた。

松野君は、すぐには返事をしなかった。しばらくしてから
「やっぱりそうか。これからどうするんだ？」

と低い声で聞いた。
凛治郎が
「十一月下旬から横浜放送局の藤沢通信部記者の仕事をする」
と言うと、
松野君は
「なんでもっと早く打ち明けてくれなかったんだ？　門馬君はいつも考え込んでいるようだったので、いずれ辞めるのではないかと思っていた。君には君の生き方があるんだろうから、まぁ、頑張れよ！　俺は、名古屋の電力会社に骨を埋める」
と言ったあとは、電車が本社最寄りの栄駅に着くまで口をきかなかった。
通産省へ提出する資料の作成作業が終わって、管理課はのんびりした雰囲気だった。凛治郎は村田係長が課長との朝の打ち合わせが終わるのを見計らって、村田係長に辞表を手渡した。
村田係長はまったく予期していなかったようで、
「えっ？」

と目を見開いて、

「話を聞こう」

と言うと、凛治郎を小部屋に連れて行った。

凛治郎が放送局の面接官に答えたのと同じ理由を話すと、村田係長は
「決意は固いようだねー」と言って、課長を呼びに部屋を出た。

村田係長と部屋に戻って来た課長は、

「残念だが、引き止めても決意は変わらないようだねー」

と言って辞職を了承してくれた。

その日の昼休みに、会社近くのレストランで管理課の送別会を開いてくれた。

辞表提出を区切りにして、凛治郎は高校一年のときに鉄棒から落下して以来続いていた頭痛や「東大が一番」という父の言葉から、ようやく解放されたように思った。

もやもやしていた学閥というおかしな強迫観念が、頭の中からすっかり消えていた。

凛治郎はこれからの新しい人生への期待を膨らませていた。

凛治郎は、高校三年を留年し鎌倉の円覚寺に参禅したときに教わった〝前後裁断〟

という言葉を思い出していた。禅宗の経典の中に出てくる言葉だそうだ。

「過去のことも将来のことも考えないで、とにかく今この一瞬を一生懸命に生きる」

という意味だそうだ。凜治郎はこれから、この〝前後裁断〟を座右の銘にして生きていこうと思った。

その日は、雲ひとつない小春日和だった。凜治郎は、会社を出てから栄町の繁華街をのんびり散歩したあと、海が見たくなって名古屋港に行った。海は穏やかだった。海面が日の光を浴びて輝いていた。

独身寮を引き払う前の晩、松野君が名古屋コーチンの焼鳥屋に誘ってくれた。独身寮の仲間五〜六人が一緒だった。

松野君が
「別々の道を行くが、お互いに頑張ろう！」

と音頭をとって焼酎で乾杯した。

松野君も独身寮の仲間も、退職の理由を詳しく聞こうとはしなかった。凜治郎は、松野君や独身寮の仲間の心遣いが嬉しかった。

十一月の末、凛治郎は横浜放送局に出向いた。一か月は研修のため、毎日藤沢の通信部から横浜放送局に通って県警本部や市役所それに県庁の記者クラブで実地研修を受けることになった。

先輩の記者から、

「なんで安定した電力会社勤めを捨てて、通信部記者になったりするの？」

と訊ねられた。

凛治郎は、頭痛やつまらない強迫観念に悩まされることはなくなっていたが、他人に説明しても理解されないと思い、まともに答える気はなかった。

凛治郎は、

「若気の至りで、乗りかかった舟ですよ！」

と、訳の分からない返事をして誤魔化していた。

師走の半ば、凛治郎は神奈川県庁の記者クラブで先輩記者から研修を受けていた。

記者クラブでは、さまざまな発表が行われる。先輩記者は他の仕事で忙しかったらしく、代わりに記者会見を聞いておくように指示された。

この日は、

「横浜市の黄金町のドヤ街に住む日雇いの労務者が、生活のために自分の血を売っている」

という内容の発表があった。

凛治郎はメモを取ったものの、それがニュースになるとは考えなかった。先輩記者にも報告しなかった。

翌日明け方のまだ外は暗い頃、藤沢通信部の電話が鳴った。県庁担当の先輩記者からだった。

電話の先輩の声は、

「朝刊見たか？」と甲高かった。

ベッドから飛び起きた凛治郎が新聞を見てみると、

「黄金町の日雇い労務者、生活のため売血」

の記事が、社会面のトップになっていた。

県庁担当の先輩記者は、

「全紙が社会面のトップ記事だよ。うちの放送局の〝特オチ〟だよ！　なんで報告してくれないんだよ！」

と物凄く大きな声で怒鳴っていた。

凛治郎は、朝飯も取らずに藤沢駅から東海道線に乗って横浜放送局に出向いた。県庁担当の先輩記者は、

「研修中の門馬君に頼んだのがまずかった。私の責任だよ。今後はなんでも報告してくれ！」

と怒りを抑えた表情で言った。

凛治郎は、報道の仕事の厳しさを初めて味わった。その日は一日中、県庁の記者クラブで小さくなっていた。

一か月余りの研修が終わって、凛治郎は藤沢市役所の記者クラブに所属しながら、神奈川県警察本部の記者クラブにも通って仕事を覚えることになった。

藤沢通信部は、本鵠沼の藤沢警察署から近い所にあった。役人を定年退職した人が

大家で、庭の片隅に建てた貸家だった。

凜治郎の担当は、行政は藤沢市役所と茅ケ崎市役所、警察は藤沢警察署と茅ケ崎警察署それに横浜市の戸塚警察署だった。

凜治郎の一日は、朝一番に藤沢警察署へ行って広報担当の次長に「管内で事件事故がなかったかどうか」確認したあと、茅ケ崎警察署と戸塚警察署の次長に電話して事件事故の有無を聞く。

ニュースになるものがあれば、すぐに原稿を書いて横浜放送局に電話で送る。スチール写真が必要な場合は、ポラロイドカメラで撮影して電話線を利用して電送する。動く映像が必要なときは、ベル＆ハウエルの十六ミリカメラで撮影して、フィルムを藤沢駅から東海道線の電車に乗せて東京本部の最寄り駅の新橋駅まで送る。

警察関係の取材が終わったら藤沢市役所の記者クラブに移動して、藤沢と茅ケ崎の市役所関係でニュースになるものがあれば原稿を書き映像取材もする。

午後は戸塚警察署を回ってから神奈川県警の記者クラブへ行って先輩記者の指導を受けながら、事件事故の現場取材もする。

放送局の神奈川県警担当の中東キャップは、放送局でアルバイトをしながら職員に採用されたたたき上げの人だった。

仕事には厳しい人だ。凛治郎が横浜市内で発生した交通事故の取材を指示されたときだった。

ポラロイドカメラを持って駆けつけた事故現場では、乗用車を運転していた男の人がハンドルに顔を埋め込むような状況で即死していた。片方の目玉が飛び出しかかっていた。

現場周辺では、粉々に割れたフロントガラスの破片が散乱してキラキラ光っていた。飛び出しそうになった目玉とキラキラ光るフロントガラスの破片の印象が強烈だった。

県警本部の記者クラブに帰って、原稿に取り掛かった。交通事故のニュース原稿はふつう一分から一分半の長さで仕上げる。

凛治郎は現場の状況が衝撃的だったため、飛び出しそうになった目玉とキラキラ光るフロントガラスの破片の様子を長々と書いて中東キャップに差し出した。

中東キャップは原稿をパラパラめくって眼を通すと、

「こんな原稿は使い物にならない！」

と吐き捨てるように言って、原稿をゴミ箱に放り投げた。

凛治郎が
「どこがいけないんですか？」

と問い質すと、中東キャップは
「この程度の交通事故では、現場の状況を長々とは書かない。書き直してくれ！」

と言って席を立ってしまった。

凛治郎は、三度、四度と原稿を書き直したが、その都度、中東キャップに原稿をゴミ箱に放り投げられた。

六度目の書き直しで、ようやく中東キャップから
「これでよし。ご苦労さん！」

という返事をもらった。中東キャップの目が少し微笑んでいるようだった。

中東キャップは強面だったが、取材に対しては、真面目で一生懸命だった。

凛治郎は、原稿の書き直しを命じられても素直に指示に従うことができた。

夕方、再び藤沢市役所の記者クラブに戻って、警察や市役所関係のニュースが起こってないかどうか電話を入れて確認する。

休みの日は、隣の鎌倉通信部の記者に、警察や市役所関係の取材を兼務してもらう。逆に鎌倉通信部の記者が休みのときは、凛治郎が鎌倉通信部の担当業務を兼務する。

休みとは言っても、大きな事件事故が発生すれば現場に駆けつけなければならない。緊急連絡用のポケットベルを持たされて二十四時間、拘束されていた。通信部記者の仕事はその繰り返しだった。

藤沢記者クラブには各新聞社の記者が加盟していたが、放送局の記者は凛治郎だけだった。

夕方になって通常の仕事が終わると、通信部記者の仕事は突発のニュースの警戒だけになる。

記者クラブの片隅には、マージャン台が置いてある。その日の仕事を終えた記者たちは、突発ニュースの警戒を兼ねてマージャンをするか、連れ立って飲み屋に出かけた。

酒の飲めない凛治郎はつき合いを最小限にして、夕食のあとは藤沢警察署へ行って夜勤や泊りの警察官とムダ話をするのを日課にしていた。

夜勤や泊りの警察官とムダ話を三か月も続けていると、いかつい感じの人が多い警察官とも打ち解けて親しくなってくる。

事件や事故が発生したときに、

「門馬さん、死亡事故の発生だよ。死亡者がいるらしいねー」

などと耳打ちしてくれる警察官もできて、仕事も順調にこなせるようになっていた。

しかし、向こう見ずな取材で大失敗もした。台風シーズンになって神奈川の沖合を大型の台風が通過するという予報が出たときのことだった。

横浜放送局のニュースデスクから江の島の片瀬海岸で台風の影響による大波を十六ミリカメラで撮影するように指示された。

凛治郎は勇んで片瀬海岸に出向いて、台風の影響で荒れた海の撮影に取りかかった。

しかし、岸壁や砂浜からでは納得できる映像が撮れなかった。そこで凛治郎は、雨が降りしきる中を砂浜から腰のあたりまで海水につかるところまで行って大波を撮影するチャンスを待ち構えていた。

沖合から荒々しい白波が迫ってきた。今だと思った凛治郎は、十六ミリカメラで迫って来る大波の撮影に集中していた。

ファインダーから眺める大波は、迫力があって見惚れるぐらいだった。

凛治郎は、迫力ある映像を撮影したい一心で危険な状況にあることなど全く考えつかなかった。大波は物凄い勢いで、凛治郎の頭の上を通り越して行った。

凛治郎は、海の中に叩き倒された。ふつうなら、引き波で沖合に流されたかもしれない。凛治郎は十六ミリカメラの皮バンドを左手に巻きつけていたためか、二キロほどある十六ミリカメラの重みでなんとか流されずに助かった。

流されずには済んだものの、海水に浸かった撮影フィルムが無事かどうか心配だった。

近くの公衆電話から、横浜放送局のチーフカメラマンに連絡をとって事情を説明した。

チーフカメラマンから、撮影フィルムはすぐにカメラから取り出して国鉄の電車便で新橋の東京本部に送り、十六ミリカメラは横浜の放送局に送るように指示された。

夕方近くなって、横浜のチーフカメラマンから連絡があった。

「撮影フィルムは無事で、今夜の七時のニュースで使う」

ということだった。

凛治郎は、藤沢市役所の記者クラブに戻り、七時のニュースを待っていた。

七時のニュースでは、片瀬海岸の大波の映像をトップで使っていた。嬉しかった。

ニュースのあと、横浜放送局のデスクから電話があった。

「映像はよかった。しかし、今後は後先を考えない危ない取材は絶対に控えるように！　カメラは使用不能になった。分解掃除をしなければいけないので、かなり金がかかる。代わりの十六ミリカメラを横浜放送局まで受け取りに来るように！」

と厳しいお叱りを受けた。

凛治郎は、叱られはしたものの通信部記者の仕事に手応えを感じていた。電力会社を辞めたあと、初めて味わった感覚だった。

名古屋の電力会社にいたときのような後ろめたさと落ちつきのない不安定な気持ち

は、無くなっていた。凜治郎は、通信部記者として全力で仕事に取り組もうと思った。

高校一年生のとき鉄棒から落下して以来続いていた頭痛と、「東大が一番」という強迫観念は全く無くなっていた。羽を思い切り広げたような解放感と自由を感じていた。


国鉄藤沢駅のすぐ横に、終戦直後に建てられた安普請のビルがあった。ビルには、間口の狭い飲食店や雑貨店などさまざまな店が入っていて地元の人は名店ビルと呼んでいた。

凜治郎はビルの一階にある洋食屋か天麩羅屋で、いつも夕食をとっていた。

洋食屋の親爺は、

「東京の帝国ホテルでコックをしていたが、ギャンブルと女で身を持ち崩してホテルを首になった。妻にも逃げられた。今はこんなところで洋食屋を細々とやっているが、腕は確かだ。それにしても門馬さん、ギャンブルと女に溺れてはダメだよ！」

と口髭をひねりながら訥々と話していた。

凛治郎は、この洋食屋の親爺さんになんとなく親しみを感じていた。

片瀬海岸の大波取材で疲れを感じていた凛治郎は、この日の夜、ステーキを食べて英気を養おうと洋食屋へ行った。

「親爺さん、ニンニクをいっぱい使ったステーキとライスを頼むよ！」

と注文すると、親爺さんは、

「あいよ！　門馬さん、今夜は晴れ晴れとした顔つきをしているね！　なにかいいことあったの？　なんでもいいけど、ポテトサラダをサービスするよ！」

と威勢よく料理に取りかかった。親爺さんは、この日、凛治郎の方を見ながらしごく機嫌がよかった。

親爺さんには、赤坂で芸者をしている娘さんがいた。この娘さんからの情報らしく、赤坂の待合を利用する大物政治家の話をするのが好きだった。

ほんとの話かどうかは分からないが、この大物政治家は女好きらしく有名な映画女優を待合に呼んで逢瀬を楽しんでいたという。

逢瀬のあとの政治家の感想は「これこれこうだった」とまことしやかに話して、親爺さんは得意そうだった。

凛治郎も、それまで聞いたことのない世界の話で面白がって聞いていた。

この洋食屋からちょっと離れたところに中年夫婦が営んでいる天麩羅屋がある。

大柄で太ったお上さんと小柄でやせ型の親爺さんが、仲良く店を切り盛りしていた。

お上さんは声も大きく店の中ではお上さんの声ばかり響いていた。親爺さんは、お上さんの指示を受けて黙々と天麩羅を揚げていた。お上さんと親爺さんの息がよく合っていた。

この店では値段が手頃の天麩羅定食を頼んでいたが、レンコン好きの凛治郎はいつもレンコンの揚げ物を二つ追加注文していた。

凛治郎が店の前を通りかかると、お上さんは
「あらぁ、門馬さん！　きょうは食べていかないの？　いいレンコンが入っているわよ！」

と店の中から大きな声で呼びかけてくれた。

凛治郎も、つい、

「今日は洋食屋で食べるよ。明日来るよ！」

と愛想よく言葉を返していた。

天麩羅屋のお上さんは、安普請のビルの中にある間口の狭い店から通りに面した店で商売をするのを念願にしていた。

凛治郎は仲のいい天麩羅屋夫婦を少しでも応援しようと、ほかの天麩羅屋には行かなかった。


藤沢警察署の四階は、剣道と柔道の鍛錬道場となっていた。凛治郎は朝一番で警察署に行きニュースのネタがないのを確認してから、四階の道場へ行き、警察官が剣道の朝稽古に励む様子を見物していた。

剣道の稽古見物を日課にしているうちに、通信指令室担当の係長から、

「門馬さん、警察官と一緒に剣道をやってみないか？」

と声をかけられた。

凛治郎はちょっとためらったが警察官と懇意になると取材活動でプラスになるかも

しれないという気もあって、

「剣道の経験はまったくないので、皆さんの足手まといになってご迷惑になるかもかもしれませんよ。それでもよければ剣道を体験してみたいです」

と遠慮がちに応えた。

通信指令室の係長は、

「大歓迎です。剣道の稽古道具一式を貸しますので、明日の朝稽古から参加してください」

と、快く引き受けてくれた。

凛治郎は仕事に支障がない限り、毎日剣道の朝稽古に参加した。警察官と一緒の朝稽古は、きつかった。

それでも音を上げないで休まず朝稽古を続けているうちに、警察官とも打ち解けて来て、夜、勤務明けの警察官と飲めない酒をつき合うようにもなった。

警察署では、近隣の警察署と剣道の練習試合を定期的に行っている。

通信指令室の係長から

「練習試合の応援団として来てくれないか」と頼まれて、凛治郎は気持ちよく引き受けた。

通信指令室は事件が発生した時、各警察官への緊急指令を担当するが、係長は事件の発生をそれとなく耳打ちしてくれるようになった。


昭和四十二年一月、藤沢市の郊外で、学校帰りの女子高校生が男に襲われ乱暴されて殺害される事件があった。

藤沢警察署には捜査本部が置かれた。各社の取材競争が激しく、横浜の支局や近隣の通信部から応援の記者が詰めかけていた。

横浜の放送局からも、県警本部担当で二年先輩の平山記者が駆けつけてくれた。

平山記者は国際基督教大学を卒業したあと、アメリカ東部の大学の大学院に二年間留学したあと放送局に入局していた。横浜の放送局に赴任したときには、大学の同級生の奥さんを同伴していた。

背が高く細面でスマートだった。いつもアルミニウム製の弁当箱を持ち歩いていた。

平山記者は、取材活動でも敏捷で手際がよかった。平山記者が県警本部の捜査員から
「容疑者の身柄を確保しているらしい？」

という情報を聞きこんで来た。

平山記者と凛治郎は、事件の現場近くの小屋に捜査員が集まっているらしいことを嗅ぎつけた。

夜の十二時近かった。二人は、立ち入り禁止のロープが張られている小屋を見つけた。平山記者と凛治郎は、ロープの下をくぐって小屋の隙間に耳をあてて捜査員の話し声に集中していた。

そのうち平山記者はメモ帳に容疑者の名前を書き留めて、凛治郎にその場を離れようと目配せした。容疑者の名前はＳ・Ｔだった。

二人は急いで通信部に引き返した。平山記者は、すぐに県警本部の幹部に電話して、

「学校帰りの女子高校生殺人事件の容疑者はＳ・Ｔで、身柄を確保しているでしょう？」

と詰め寄っていた。

幹部は最初ぬらりくらりと曖昧な返事を繰り返していたが、平山記者の厳しい追及に、

「どこで情報をつかんだの？　容疑者はS・Tだよ」

と間違いないことを認めてくれた。

平山記者は、すぐに横浜放送局のニュースデスクに

「藤沢の学校帰りの女子高生殺しの容疑者逮捕の原稿を、朝のニュース用に出稿します」

と連絡を取り、二人は原稿に取りかかった。原稿を横浜放送局に電話ファックスで送り終えたのは、午前三時を過ぎていた。

平山記者の応援がなければ取れない特ダネだったが、凛治郎は初めての経験だった。朝六時からのテレビニュースが待ち遠しかった。

平山記者もつき合ってくれた。興奮して寝つかれないまま、凛治郎は安物のプレーヤーで大ヒット中の城卓矢の「骨まで愛して」のレコードを朝まで繰り返し何度も何度も聞いていた。

そんな凛治郎を、平山記者は口元に笑みを浮かべながら何も言わずに眺めていた。

凛治郎は、アメリカの大学院の修士課程を修了したスマートな平山記者が泥臭い取材活動も難なくこなすことに敬意を感じていた。

電力会社には学閥があることを気にして名古屋の電力会社を選んだ凛治郎は、以前の自分はなんと馬鹿馬鹿しい考え方をしていたんだと改めて思い知った。


放送記者の仕事で最も能力を問われるのは、衆議院や参議院選挙のときの票読みだ。

凛治郎は衆議院選挙のとき、湘南地方の選挙取材のまとめ役をしていた小田原通信部の加山記者の指導のもとに藤沢市と茅ケ崎市の票読みを担当することになった。

選挙の票読みは、まず過去の選挙結果を分析して傾向を把握してから、その地域選出の市会議員や県会議員、それに国会議員や地域の情報通などから情勢を聞くほか世論調査の結果も参考にして、選挙事務所の責任者から実際にどのような手応えを感じているかなどを聞き出して全体の情勢を分析する。

凛治郎は、選挙取材の手順通りに情勢取材に全力を挙げた。小田原通信部の加山記者の指示に従って、手抜きすることなく担当の藤沢と茅ケ崎を走り回った。

各候補者の選挙事務所を駆け回っているうちに、気がついたことがある。

選挙の投票日が近づくにつれて有力と見られている候補者の選挙事務所には、陣中見舞いの酒の差し入れがみるみる増えていた。有力候補者の運動員たちの動きもきびきびしてくる。

一方、敗色濃厚の候補者の事務所の雰囲気は、選挙取材を始めたばかりの凛治郎にも厳しいものが感じられた。

毎日朝晩、選挙事務所を回っていると、気心の通う選挙参謀ができる。選挙参謀がほんとのことを教えてくれるとは思えないが、それでも陣営の票読みを匂わせてくれる参謀もいる。

各候補者がどれくらいの票を獲得するかの票読みが投票日の一か月前から始まり最終の票読みが投票日の三日前に行われる。

票読みのほかに投票日当日には、出口調査の仕事がある。凛治郎は藤沢市中心部にある投票所の担当となった。

出口調査は、午前十時頃と午後五時頃の二回行われ、アトランダムに百人ずつ聞き取りする。

紺のスーツに白いワイシャツを着て放送局の腕章をつけた凛治郎は、投票所の小学校の正門前で投票を終えて出て来た人たちに、

「放送局の者ですが、出口調査をしています。お差し支えなかったら、お答え願えませんか？　支持政党は何党でしょうか？　どの候補者に投票されたのか、お教えいただけませんか？」

と、姿勢を正して最大限に丁寧に尋ねた。

ひょっとしたら厳しく抗議されるのではないかと心配して気をもんでいたが、ほとんどの人が抵抗なく答えてくれたので凛治郎はほっとしていた。

出口調査の結果は、すぐに横浜放送局の選挙デスクに電話連絡する。横浜放送局では、各地区の担当者からのデータを集計して投票日の午後八時からの開票速報に備える。

開票の数日後、横浜の放送局で反省会が行われた。反省会の席上、湘南地方の総括

をしていた小田原通信部の加山記者から、藤沢市と茅ケ崎市の票読みと出口調査の結果が実際の開票結果と非常に近かったと凜治郎は褒められた。

凜治郎は、

「放送記者の仕事は、やればやるだけのことはある!」

と、慶応閥の電力会社の安穏なサラリーマン生活よりも放送記者の仕事に意欲を感じていた。

藤沢市役所の記者クラブの片隅には、マージャン台が置かれていた。夕方になって仕事を終えた各社の記者たちは、飲みに行くかマージャン台を囲むのが常だった。

市役所の助役や有力な市会議員、それに警察署長がマージャンに加わることもあった。

凜治郎は眺めていることが多かったが、マージャンの席で警察署長や助役がニュースのネタをポロリと洩らすことがあることを知りマージャンの仲間に入れてもらうこともあった。

しかし、A社の記者はマージャンには絶対に加わらなかった。あるとき、凛治郎に
「マージャンの仲間には入らないほうがいいよ！」

と忠告してくれた。

凛治郎は、助役や警察署長それに有力市会議員が時折ポロリと洩らすネタを特オチしたくないし、どっちつかずの態度をとっていた。

A社と凛治郎を除く各社の記者は、特オチを避けるために共同戦線を張っていた。大きなニュースがあったとき、気がついていない記者がいれば耳打ちするという仕組みだ。

A社の記者はなんとなく凛治郎に近づきたいような感じだったが、徒党を組むことが嫌いなこともあって共同戦線には組みしなかった。

記者クラブと廊下をはさんで向かいの秘書課には、英語の通訳の中年女性がいた。藤沢市が外国と提携事業を行う際や、外国人の来訪があったときなどに活躍していた。

陽気で遠慮なくズケズケ物を言う戦争未亡人だった。この女性の娘婿が東京西部の通信部で放送記者をしていることもあって、なにかと凛治郎に声をかけてくれた。

凛治郎とは気が合って暇なときには、その中年女性のところに行って雑談していた。秘書課には独身の若い女性が数人いて、結婚していない凛治郎が部屋を訪ねるといつも愛想よくお茶を出してくれた。

その様子を見ていた通訳の中年女性は、

「門馬さん、秘書課の女性には手を出したらダメよ。そんなことより放送記者の腕をもっと磨きなさい！」

と真顔になって注意してくれた。凛治郎は、通訳の女性を親戚のおばさんのように感じていた。

昭和四十三年一月、長崎の佐世保港に続いてアメリカ第七艦隊の母港・神奈川の横須賀港にも、原子力空母・エンタープライズが入港することになった。

一月二十一日午後、横須賀市の臨海公園でエンタープライズ寄港に反対する社会党や反戦青年委員会が主催する大規模な集会が開かれた。

集会には、東京、千葉、埼玉など関東近県の労働者や大学生など警備本部の調べでおよそ三千六百人が参加した。

「原子力空母の横須賀寄港を絶対に阻止しよう」という決議文が採択されたあと、集会に集まった人たちはデモ行進を始めた。

混乱が予想されたため、放送局でも横須賀通信部を中心に横浜放送局の記者やカメラマンのほか、横須賀に近い藤沢通信部の凛治郎も動員されて応援取材に駆り出された。

デモ隊の一部は横須賀基地の下士官クラブの前で激しいデモを始め、神奈川県警の機動隊員が出動した。この騒ぎで米軍基地の正門付近で大学生七人が公務執行妨害などの疑いで逮捕された。

さらにデモ隊は目抜き通りでプラカードを掲げながらジグザクデモを繰り返した。

凛治郎は街中を行進するデモ隊の動きを警戒するようにデスクから指示され、ポラロイドカメラを持ってデモ隊について回った。

デスクから絶対に怪我をしないようにデモ隊に近づき過ぎないよう注意されていた。

しかし、目抜き通りでの激しいジグザグデモの最中、凛治郎がデモ隊のすぐ近くでポラロイドカメラを構えたその時だった。

カメラのファインダーに物凄い形相で、凛治郎目がけてこぶし大の石を投げつけようとする大学生か労働者風の若者の姿があった。

凛治郎は、ファインダーを覗き続けながらポラロイドカメラのシャッターを押していた。

石が自分に向かって飛んでくるのが、はっきりと分かった。石を避けることはできなかった。

石は右の頬骨のところに当たった。ポラロイドカメラは無事だったが、撮った写真はブレがひどく使い物にならなかった。凛治郎はデモ隊が流れ解散するまで、取材を続けた。

取材本部が設けられていた横須賀通信部に引き揚げて、デスクにデモ隊に石を投げつけられたことを報告すると、表情を強張らせたデスクからすぐに近くの病院で診察を受けるように指示された。

病院でレントゲン写真を撮られた。骨は折れてなかった。打撲傷で全治二週間という診断だった。

病院から取材本部に帰ってみると、こんどは警察に事情を話すようにデスクから指示された。

警備本部に出向いて警察官に、ジグザグデモをポラロイドカメラで取材中に石を投げつけられたことを話した。

担当の警察官は、石を投げつけた男の顔や衣服について事細かに聞きながら調書をとっていた。

ポラロイドカメラの写真は、ブレがひどく使い物にならなかったと話したので、警察官はそれ以上問い質さなかった。

凜治郎はそれ以後、横須賀でデモがあるたびに応援に駆り出されるようになった。

通信部の放送記者の仕事は、前にいた名古屋の電力会社のように学閥の流れに乗っていれば安穏に毎日を過ごせる仕事とはまったく違っていた。

凜治郎は、後悔していなかった。むしろ、大きな組織の中で落ち着かない毎日を送っていた以前の生活から解放されて伸び伸びした気持ちになっていた。

先のことはどうなるのかよく分からなかったけれど、放送記者の仕事に替わって正解だったと思った。

凛治郎は、放送記者の仕事を行けるところまで続けてみようと心に決めた。

藤沢通信部の記者の仕事は、夏の海水浴シーズンの間、海水浴客の取材が中心になる。江の島海岸や江の島は、テレビのニュースになる題材も多く、凛治郎は藤沢市役所の観光課に一日に一度は必ず顔を出していた。若い金山係長とは気が合って仲良くなった。

金山係長は陽気で話好きな人で、能の面打ちを趣味にしていた。ある時、相談された。

「門馬さん、江の島にない木を植樹したいんだけど、何かいい木はないですかねー？」

凛治郎は木に詳しいわけではなかったが、係長が真顔で尋ねるものだから、

「桜のちょっとあとに咲くハナミズキがいいんじゃないでしょうか。公害にも強いと言われているし……」

と自分の好きな木の名前をあげた。

真面目で仕事熱心な係長は、専門家の意見を聞いた上で早速江の島にハナミズキを

植樹していた。

それから暫くして金山係長は、

「門馬さん、生まれた長男の名前も瑞樹《みずき》にしました！」

と、嬉しそうに話してくれた。

江の島海岸には、観光課が管理している案内所があって、金山係長が責任者をしていた。

凛治郎は、この案内所で警察情報ではとれない話題を取材して原稿に取り入れていた。

昭和四十年代に入って、江の島の海岸は環境汚染の影響による水質の汚れが目立ってきていた。

地元住民の中には江の島の海水浴場では泳がないで、近くのプールを利用する人が出てきていた。

住民からその話を聞いて、凛治郎は朝早く海水浴場に行ってみた。波打ち際の海水が黄色く淀んで帯のようになっていた。

波打ち際の黄色く淀んだ海水は、海水浴客が詰めかける朝十時頃になると、かき回されて黄色い色が分からなくなっていた。
凛治郎は金山係長に
「朝早く海水浴場に行くと、波打ち際の海水が黄色く淀んで帯のようになってますねー」と問い質した。
金山係長は、一瞬表情を強張らせて
「そうなんですよ！　頭が痛い問題なんですよ……。しかし、藤沢市だけで解決する訳にはいかないんですよ！　江の島海岸に流れ込んでいる境川と引地川上流の地域から住民の家庭汚水や家畜のし尿、それに工場排水などが流れ込んでいるんです。早急に国や東京都、それに神奈川県が解決に取り組んでもらわないと困るんです！」
と頭を抱えていた。
凛治郎が
「ニュースで取り上げますよ」
と話すと、係長は

「事実だから、しょうがないですねー」

と、困り切った表情をしていた。

凛治郎は、十六ミリカメラで波打ち際の黄色く淀んだ海水を撮影してニュース原稿を送った。


冬も終わり近かったが、まだ寒い夜だった。凛治郎はストーブにあたらせてもらおうと、藤沢警察署に出かけた。

泊りの警察官の一人は、日頃親しくしていた刑事課の捜査員だった。

その捜査員は仕事熱心だったが、口数が少なく地味な人だった。しばらく世間話をしていたところ、その捜査員が目配せするので後をついて二階の刑事課の部屋まで行った。

その捜査員は胸の内ポケットから捜査書類を取り出して机に置き、

「ちょっとトイレに行って来る」

と言い残して部屋を出て行った。

捜査員がなかなか帰って来ないので凜治郎がふと書類に目をやると、その書類は「藤沢警察署に窃盗で逮捕された男が、青森の連続放火事件を自供した」という内容だった。

凜治郎は、夢中になって書類の内容を取材手帳にメモした。メモし終わったとき、捜査員はようやく帰って来た。

その捜査員は凜治郎の取材手帳に目をやってから、書類を胸の内ポケットにしまい込みながら頷いていた。

その捜査員の目は

「ニュースにしろよ！」

と言っていた。

凜治郎が

「ニュースになったら迷惑がかかりますよ。いいんですか？」

と確かめると、

その捜査員は

「いいんだよ！」

と短く言って部屋を出て行った。

その捜査員は、覚悟の上で凛治郎に情報を提供してくれたようだった。

凛治郎はそしらぬ顔をして一階のストーブでしばらく暖をとってから、通信部に飛んで帰り横浜放送局の夜勤デスクに一報してから急いで原稿に取りかかった。

原稿を横浜放送局にファックスで送り終えたのは、午前二時過ぎだった。

凛治郎にとって、単独で取った初めての特ダネだった。朝六時からのテレビニュースが待ち遠しかった。

朝六時のテレビニュースから、「青森の連続放火犯、藤沢で逮捕」の原稿を大きく扱っていた。朝七時のニュースでも、放送していた。

凛治郎は二時間ほど寝てから、藤沢警察署に出かけた。変な雰囲気だった。

マスコミへの広報を担当していた警察署次長は形だけの挨拶はしたが、署長や刑事課長は廊下ですれ違ってもそっぽを向いていた。

藤沢市役所の記者クラブに加盟している各社の記者も、凛治郎と目を合わそうとしなかった。

凜治郎にも、状況は飲み込めた。朝のテレビニュースで「青森の連続放火犯逮捕」の特ダネニュースが流れたため、各社の記者は横浜支局のデスクからどやしつけられるし、その腹いせに各社の記者が警察署長と刑事課長に放送局一社が特ダネを入手したことを猛抗議したためだった。

「青森の連続放火犯、藤沢で逮捕」のニュースは、新聞各紙が後追いして夕刊の社会面で大きく扱っていた。

それからは警察や藤沢市役所で顔が合っても、各社の記者は凜治郎と口を利かなかった。

徒党を組んだり派閥に入ることを心よしとしない生き方をしていた凜治郎は、気にしなかった。

警察関係の情報収集については、いつも通り外部への広報を担当している次長の席へ行って広報資料を見せてもらった。こまめに次長席にある広報資料をチェックしていれば、大きなニュースを特オチすることはなかった。

その他のニュースについては朝一番と夕刊の締め切り時間の午後二時前に、こまめに第一線の捜査員から話を聞いた。捜査員の中には、あからさまに顔を背ける者もいたが、好意的に話をしてくれる人もいた。そんなことが、二か月近く続いた。

日本では全体の和を重んじるムラ社会というものがあることを、凛治郎は思い起こしていた。

警察署幹部の対応や記者クラブの各社の反応を受けて、これもムラ社会というものの一端かと思った。

警察署幹部や記者クラブの各社の記者にはそれぞれの立場があることは理解できたが、凛治郎は周りの空気に調子を合わせようとはしなかった。淡々と自分の生き方を続けていた。

凛治郎にとって警察署の幹部や各社の記者が「口を利いてくれない」ことなんか、以前、頭痛に悩まされていたことに比べれば取るに足らないことだった。

二十四時間拘束されている通信部の放送記者の責任を果たそうと、懸命に仕事に立ち向かっていた。

「通信部の放送記者の仕事を続けて将来の自分がどうなるのか？」

そんなことは凛治郎にとってどうでもよいことだった。

ムラ社会的な仕打ちに遭っても、気持ちの上でダメージを受けることはまったく無かった。

「人には人それぞれの置かれた事情や立場があって、ムラ社会的な行動に出ることになるんだろう」

と考えて、他人の行動を理解するゆとりが凛治郎にはできていた。

凛治郎は、以前と比べて自分が一皮むけたように感じていた。

「前後裁断、将来や過去のことは一切考えないで、今この一瞬一瞬に集中して生きて行こう」

凛治郎は体中の細胞一つ一つが新しく生まれ変わったように思った。

ただ、凛治郎にとって、一つだけ気になることがあった。青森の連続放火事件の特ダネ情報を凛治郎に漏らしてくれた刑事課の中年捜査員のことだ。

「青森の連続放火犯、藤沢で逮捕」の特ダネニュースがテレビのニュースが流れてから、藤沢警察署内では誰がリークしたのか犯人探しが行われていた。

その捜査員に疑いがかけられないように、凛治郎は近寄らないようにしていた。警察署長と刑事課長は、警察の廊下で凛治郎とすれ違っても表情を硬くしたままだった。

情報リークの犯人探しに躍起になっている警察署長と刑事課長が特ダネ情報を教えてくれた刑事課の捜査員を人事異動で左遷させるのではないかと、凛治郎は気になった。

しばらくしてから、その捜査員は神奈川県内のほかの警察署に異動になったということが凛治郎の耳に入ってきた。

警察署の幹部や他社の記者が口を利いてくれないことについては、放送記者の仕事をする上でなんら支障はなかった。

しかし、その捜査員にもご家族がいるだろうと思うと、凛治郎は申し訳なく思った。なにかのきっかけでその捜査員に再会することがあったら、酒の飲めない凛治郎だったが赤提灯の下がった居酒屋で酒を酌み交わしてゆっくり話をしてみたいと思っていた。

そうした矢先、凛治郎は人事異動で千葉県の船橋通信部に異動することになった。東京に隣接する船橋周辺は高度成長による都市開発が急速に進んでいて、凶悪な事件や鉄道事故などが多発していた。船橋通信部に赴任すると、事件や事故の取材に追われる日々が予想された。凛治郎は、新しい担当地域での仕事に意欲を燃やしていた。そして、これからの暮らしを共にできる感性の合った女性と巡り合いたいと願っていた。


船橋通信部に赴任する前に凛治郎は、高校三年のとき休学して参禅した北鎌倉の円覚寺を八年ぶりに訪ねた。

凛治郎は、山門を見上げた。前に来た時には聳え立っているように見えて近寄りにくかった山門が、なんとなく温かく迎えてくれているように思えた。

寝泊まりしていた居士林にも行ってみた。庭の陽だまりで三毛猫が居眠りをしていた。

高校三年のときにはものすごく広く感じた境内が、狭くなったように感じた。

参禅していたときには寺の外へ出たことはなかったけれど、寺の裏に六国見山《ろっこくけんざん》という見晴らしのいい小さな山があるのを聞いていた。

凛治郎は、六国見山に登ってみようと思い立った。仏殿の斜め横手にある石段を上りきったところに、国宝の大きな釣鐘がある。釣鐘のすぐ横から山道が続いている。

道幅のごく狭い山道は、笹やぶや樹木の間を縫うように続いている。

樹木の切れ間から下を覗くと、いくつかの塔頭の銅板の屋根が見える。

二十分あまり行くと急に視界が開けて、広い畑がある。遠くの方で、老夫婦が黙々と農作業をしている。

畑を横切ってしばらく行くと、道端に六国見山という小さな標識が立っている。

そこから少し急になっている山道を登ると、背の高い笹が覆いかぶさってトンネルのようになっている。笹のトンネルは二十メートル余り続いている。

笹のトンネルを抜けると、三百六十度のパノラマが広がっていた。六国見山の頂上だ。

海抜百四十七メートルという標識が立っている。昔、相模、武蔵、伊豆、上総、下総、安房の六つの国が見えたのが名前の由来だという。

晴れ渡っていて富士山が迫ってくるように見えて神々しかった。日の光を浴びて輝いている海に十五～六隻のヨットが白い帆を揚げている。

江の島の向こうには伊豆半島、東の方に目をやると房総半島も見える。遥か南の海上には、うっすらと大島も望める。

凛治郎は、青空のもとに広がっている大自然の眺望を飽きずに眺めていた。

凛治郎が自然の美しさに心の底から惹きつけられるのは、もの心ついてから初めてのことのように思えた。

あとがき

本書は、私の青年時代を描いたものです。半世紀あまりの時を経て、自分の青春を振り返ってみると、なんとも非生産的な十年あまりを過ごしたものだと呆れてしまいます。まさに、「失われた十年間」だったという他ありません。そのようなものをわざわざ小説仕立てにして、人さまにお見せするとはどういう了見なのか。

私は、今年一月で八十歳になりました。若い時代のことを私は妻にすら断片的にしか語ったことがありませんし、娘たちや孫たちにはまったく話したことがなかったのです。

人さまにお話しするようなものでないことは十分に承知しています。それでも戦中生まれの私が、どのような青年時代を過ごし、なにを考え、何を想い、模索し、道を求めようとしたか、それを娘や孫を含めた若い世代の方々に少しでもお伝えできればと願い、本書を綴ってみたのです。

出版にあたり鳥影社の百瀬精一社長、編集部の小野英一部長ほかの皆様に大変お世話になりました。御礼申し上げます。

紋田允宏（もんでん　のぶひろ）

1939年1月28日生まれ。
慶應義塾大学経済学部卒。
中部電力(株)、NHK放送記者を経て
建設技術研究所(株)、
慶應義塾大学法学部非常勤講師、
NHKグローバルメディアサービス(株)専門委員。

青年M

定価（本体1200円+税）

乱丁・落丁はお取り替えします。

2019年3月16日初版第1刷印刷
2019年3月22日初版第1刷発行
著　者　紋田允宏
発行者　百瀬精一
発行所　鳥影社 (choeisha.com)
〒160-0023 東京都新宿区西新宿3-5-12トーカン新宿7F
電話 03-5948-6470, FAX 03-5948-6471
〒392-0012 長野県諏訪市四賀229-1(本社・編集室)
電話 0266-53-2903, FAX 0266-58-6771
印刷・製本　モリモト印刷、高地製本

ISBN978-4-86265-736-7 C0093